Eurus

Notus

思い出袋

鶴見俊輔

Shunsuke Tsurumi

Boreas

Zephyrus

岩波新書
1234

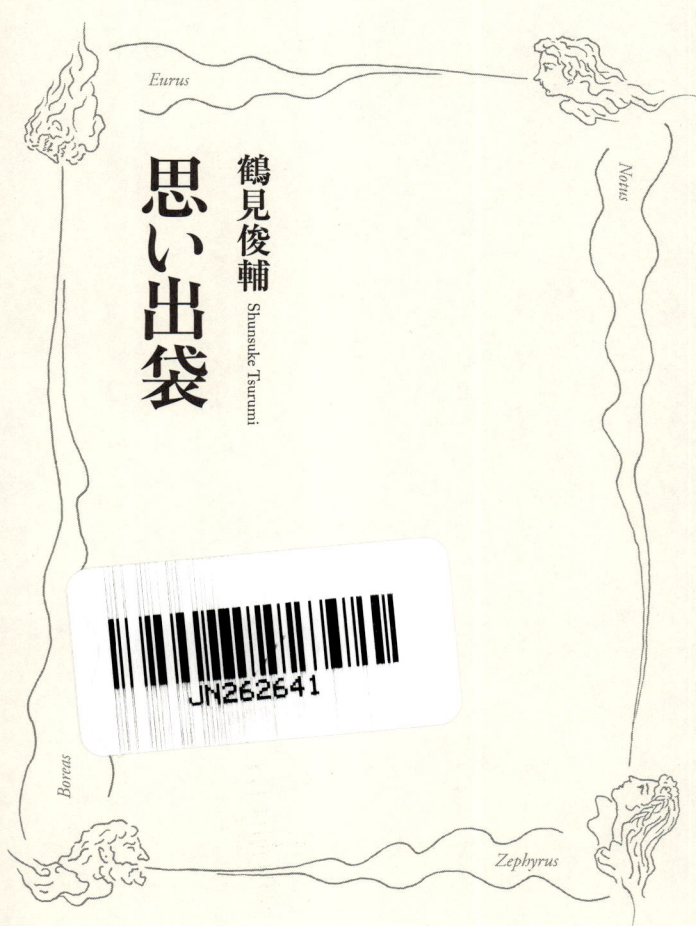

目　次

目　次

一　はりまぜ帖

記憶の中の老人

八十歳になった。子どものころに道で会った、ゆっくりあるいている年寄りを思い出す。その身ぶりに今の自分が似てくると、その人たちの気分もこちらに移ってくる。その人たちは一八四〇年ころに生まれた。黒船が来たときには、おどろいただろう。

ジョン万次郎は私の出会った人ではないが、私の記憶の中できわだった人である。十四歳の少年として舟に乗りこみ、予想外の嵐にあって無人島に流され、アメリカの捕鯨船に助けられた。日本で小学校に行っていたわけではなく（小学校はまだなかった）、英語をどこかで習ったこともない。ただ、身ぶりで、自分たちは腹がへっているということを伝えた。

その身ぶりは伝わった。捕鯨船はひきとってくれ、まず、食事をあたえられずに水だけをあたえられ、食事はすこしずつ、やわらかいものからかたいものにかわった。万次郎は、ずいぶんけちだと思っておこったが、あとになって、これは、飢えた者に対する親切なあつかいだったと感じて、船長に感謝するようになった。ながい航海の中で、船長は、万次郎にも手伝わせ、この十四歳の少年が思慮深いことを知った。そして、彼ひとりを、アメリカ東部の自分の家につれてかえる。

そこで船長ホイットフィールドは、自分の属している教会に彼をつれてゆくと、牧師は、有色人種を受けいれない。船長は、この教会から離れることにし、次々に別の教会をたずね、最後に受けいれてくれるところをさがしあてて、一家ともその教会の会員となった。この教会めぐりは、万次郎につよい印象をあたえた。日本に戻ってから万次郎が手紙を書くとき、彼は船長に「尊敬する友よ」と呼びかけている。命の恩人に対してこのように呼びかけることは、ひざまずいて感謝するのが船長の心にそぐわないと知っていたからである。平等という理想を彼はすでに身につけていた。

フェアヘイヴンで彼は学校に入り、同時に桶屋の修業をした。船の上で別にかせぎ仕事をして、ボートを買い、日本の近くで自分のボートを降ろしてもらって故国に帰ることを、すでに心に期していた。

このように国政の転換をうながす個人が、鎖国の時代の日本にはすでにあらわれている。明治国家成立以前の万次郎の出現は、江戸時代の末に日本人が大きな未来をもっていたことを教える。一九〇五年に、政府と国民とが共々にいつわりの大国意識の網にとらえられるまで、日本人は一八五三年から一九〇五年まで、世界史の中で創造的な道を歩んだ。

学校という階梯

人間には、卒業しやすい型と卒業しにくい型とがある。

日本の知識人の大体は前のほうだが、たまにあとのほうがいる。私が親しみを感じる、というよりも、敬意をもつのは、あとの型の金子ふみ子である。

この人の伝記を、瀬戸内晴美は『余白の春』(中央公論社、一九七二年)に書いた。

金子ふみ子(一九〇四―二六)は、小学校にも続けていっていない。父は、女をつくって家を捨て、母は男を家にさそって、娘が帰ってきても家に入れない。ふみ子は、祖母をたよって朝鮮に渡るが、そこでも貧乏な親類として冷たいあしらいを受け、むしろ日本人に低く見られている朝鮮人に親しみをもった。この親しみは、日本に帰ってからもふみ子の支えとなり、ここで何人もの朝鮮人に友人を見出す。

なかには、日本が朝鮮をとったということに対する不快感を、毎日顔面に表現しつづけている男がいて、彼に共感して一緒に暮らすことにした。彼の反感は、天皇に向けられる。日本が法治国であれば、なにかの行動を起こしたときに、あるいは行動を計画した証拠があるときに、はじめてつかまえるのが正当だろう。しかし、朴烈とふみ子とは、つかまえられて、死刑の判決を受ける。彼らの友人の批評によれば、朴烈は顔面表現によって罰せられたのだという。

やがて、天皇の名で大赦が伝えられた。この知らせを受けたとき、金子ふみ子は、それをしりぞけた。もともと天皇暗殺への行動を起こした事実がないのだから、いまさら大赦を受ける理由はない。

彼女は自分の独房に戻ってから自殺した。今、この時、自分は王のゆるしをしりぞける勇気を持っている。しかし、この後に続く長い日常の時間に、おなじ勇気を保ちつづけることができるか。そうみずからに問う予測感覚をこの人は保っていた。

獄中で彼女の書いた記録『何が私をかうさせたか』(春秋社、一九三一年)は、今この時は、永遠の中に保たれるという直観をのべている。それは、キエルケゴールの説いた永遠の粒子としての時間という直観と響きあう。

この人は、小学校、中学校、高等学校、大学という明治国家の工夫した学校の階梯を登らずに、自分の思想として、この直観をのべた。

小学校から中学校へと、自分の先生が唯一の正しい答えをもつと信じて、先生の心の中にある唯一の正しい答えを念写する方法に習熟する人は、優等生として絶えざる転向の常習犯となり、自分がそうあることを不思議と思わない。

万次郎と金子ふみ子とは、この学校の階梯を登ることなく、自分の経験を吟味することから、それぞれの道をひらいた。

状況からまなぶ

大山巌は、西郷隆盛のいとこにあたる。一八六三年の薩英戦争の直後から砲術を研究し、一八六九年にはヨーロッパにわたって、普仏戦争の実情を見た。一八七一年、ふたたびヨーロッパにわたり、スイスに住んでフランス語と砲術をまなんだ。そのとき、フランス語の個人教師に雇いいれたのがメーチニコフ(一八三八―一八八)だった。

ところがスイス政府筋からしらせがきて、あなたの雇いいれた個人教師はロシア政府のおたずねものである。あなたは日本政府の高官ときくが、あなたの不利益とならないか。

大山は答えた。自分はかつて日本政府のおたずねものだった。自分たちの仲間が政権をとったので、自分は今は政府の高官である。外国語教師として頼んだこのロシア人の仲間が、やがて政権の座につかないと誰が言えよう。

葬儀の席で隣りあわせた古在由重にきいてみた。「古在さんは、子どものときに、大山元帥に抱かれたことがあるそうですね。」

すると、「ほんとうはもっとおもしろいんだ。沼津の裏山で小学生のぼくがひとりで遊んでいると、向こうからふとった人が歩いてきた。写真で見たことがある大山元帥だと思って、おじぎをした。すると、大山さんも立ち止まって、きちんとおじぎを返した。他に見ている人が誰もいないのに。」

維新を通った人には革命精神があるというのが、大山巌についての古在由重の評価だった。メーチニコフ著『回想の明治維新』(渡辺雅司訳、岩波文庫、一九八七年)とあわせて思いだされた。

満州派遣軍総司令官の大山巌は、総参謀長の児玉源太郎に仕事をさせた人として私の記憶に残っている。大冊の大山伝の中に、息子の回想がのっていて、彼がおそるおそる「総司令官てなにをするんですか」とたずねると、「知ってることでも、知らんようにきくことよ」という答えが返ってきたという。

児玉源太郎は、同時代の世界史でくらべようのないすぐれた軍人だった。十九世紀のナポレオン、二十世紀のヒットラーが負けたロシアを相手に、児玉の指揮した日本は負けなかった。それは児玉が、どういう世界状況の中で日本がロシアと戦うかについての見通しをもっていたからだ。

ヨーロッパ留学の経験もなく、幕末からの変転する状況の中で、状況を読みつづけた児玉には、後代の軍人、そして官僚の、学習による知識とはちがう知恵があった。

その時の頂点にある先進国の知識を最短期間に学習するという日露戦争終結後の日本の

学校教育とは、一味ちがう判断力が児玉にはあった。それを受けいれた大山も、世界の状況から汲みとる力をそなえる同時代人だった。

戦中の杖

江戸川乱歩(一八九四―一九六五)は、大正から昭和にかけて探偵小説家の代表だったが、時代が窮屈になって、作家としての活動をせばめられた。しかし乱歩は、軍国主義に押しつぶされる作家ではなかった。この時代の中で、彼は自分の内部に降りてゆき、まったく自分本位の『貼雑《はりまぜ》年譜』九冊をつくる。軍国時代に、乱歩は、自分が有名だった時代の新聞広告を切り取り、貼りまぜてたのしんでいた。かつての名声が戦中の彼の支えとなる。

昭和五年(一九三〇年)、三十六歳。

「大イニ調子ヲ下ゲ、大イニ虚名ヲ売リシ年。」「初メテ講談社ノ雑誌ニ執筆(それまでは『新青年』が多い)。オ世辞ト稿料ニコロビシ也。」

そしてそこに広告を貼る。

〈小説読むなら講談倶楽部　江戸川乱歩先生名作発表。奇々怪々！　素敵に面白い大探偵小説『蜘蛛男』　美人の行方不明！　謎の大犯罪！〉

この小説を子どもの私は胸をおどらせて読んでいた。

一九二九年十二月の読売新聞には人気作家の原稿料くらべの記事があり、吉川英治、佐々木邦、谷譲次、山本有三とともに、乱歩が出ている箇所にみずから注をつけて、

「コレハ少々違ツテヰル。当時私ノ稿料ハ一枚八円デアツタ。」

乱歩は出発当時、明治時代の黒岩涙香の影響を受けていた。涙香の翻案小説の題名と筋をかりて『白髪鬼』『幽霊塔』の自作を発表したとき、涙香の嗣子日出雄に印税の四分の一をおくった。日出雄の手紙がここに貼ってある。

時代は急転して、一九三九年、乱歩にとって執筆禁止に近い状態が来る。四十五、六歳のころである。

「〔昭和〕十四年度、小説の検閲酷烈。十五年後半頃ヨリ探偵小説全滅（スパイ小説ハ差支ナシ）。」「愈々書ケナクナツタ次第。」

〈乱歩氏の「悪夢」削除　警視庁検閲課では三十一日江戸川乱歩氏作短篇集「鏡地獄」

一篇全部の削除を命じた。この「悪夢」は昭和四年「芋虫」の題で発表され当時の文壇に新境地を拓いた探偵小説で創作小説の全篇抹殺ということは左翼小説以外稀有のことである。〉(東京日日新聞、昭和十四年三月三十一日夕刊社会面)

「ココニモ記シテアルヤウニ検閲ハムツカシクナツテモ、主トシテコレカラ出スモノニツイテデアツテ、旧著全篇ノ抹殺トイフコトハ、ヤハリ珍シイノデ社会面ノ小記事トモナツタワケデアル。(中略)十六年度カラハソノ筋ノ意向ヲ汲ンデ出版社自カラ私ノモノナドハ整理シ重版ヲ見合ハセル傾キトナリ、印税収入モ全ク当テニデキナイ状態トナツタ。表面上ノ発禁ハ僅カニ右ノ一篇ノミデアツタガ、実際上ハ私ノ旧作ハ殆ンド全部抹殺サレナケレバナラヌ運命ニ立チイタツタワケデアル。」

ミス・マープルの方法

学校の勉強からの解放は、たのしい時間をつくる。

一九四二年三月、私は東ボストンの留置場に入れられた。大部屋に、私のほかにはドイツ人とイタリア人だけだった。本もなく、夜は二段寝台の上段に、昼は駅の待合室に似た大きな共同の部屋にいた。網の外まで新聞と週刊誌を売りにくる少年がいて、同室の囚人はやはり手持ちぶさたなので、それを待ちかねて、読んだあとは捨てていた。

それが、ミス・マープルとの初対面の場だった。

いや、ミス・マープルはまだ出てきていなかった。とにかくおもしろい小説で、毎週読むうちに、私はその留置場を出て、別の留置場に移され、やがて敵国の捕虜としてメリーランド州のミード要塞に入り、そこから交換船で日本に戻ってきた。戦争の終わりまで、『動く指』のつづきを読むことはなかった。

十年ほどたって私はようやく『動く指』の終わり近くで、ミス・マープルの登場に出会うことができた。それも日本語の訳で。訳者は高橋豊。敗戦後の早川書房がどうやって名訳者に眼をつけたのかわからない。鮎川信夫、田村隆一、橋本福夫など。名訳者はいずれも締切を守る人だったのだろう。なめらかな日本語で私は次々にアガサ・クリスティを、あらかた読むことができた。

クリスティは、百年は生きのこる名探偵をふたりつくりだした。

ひとりはエルキュール・ポワロ。ベルギー人。見栄っ張りで、衣服と口ひげの手入れに気をつかう。イギリス社会の最上層を動く顧問となり、ヨーロッパ、アフリカ、アメリカを旅してまわる。犯人をあてる方法は、仮説演繹法にもとづき、決定的証拠のありかを割りだし、それを見つけて、一挙に事件を解決する。その結論は、犯人をふくめて、犯人と疑われたすべての者を一堂にあつめてその前で明かされる。

もうひとりはジェーン・マープル。イギリスの田舎、セント・メアリー・ミードの外に出ることはまれ。都会で事件がおこって相談に引っぱり出されたとき、自分の観察の中から似た例を思いだして、犯人をあてる。ミス・マープルが死ぬ前に作者が死んだから、今も生きているとすると百歳を越える。

マープルの初登場は、一九二〇年末に彼女の自宅でひらかれた「火曜クラブ」においてである。会合をかさねるうちに、彼女の方法は元警視総監をふくめてみんなに重んじられるようになった。

家の中のことを見とどける女の頭脳は、天下のことを見わける方法につながる、という考え方に立って、女性作家クリスティは、ポワロよりもマープルをひいきにしていた。平和運動についてもおなじではないか。

途中下車

私は、自分の内部の不良少年に絶えず水をやって、枯死しないようにしている。

小学生のころ、旧東京市を横切って学校にかよっていた。そのころ電車の乗り換え切符は細長くて、その上に電車の系統図が印刷してあった。往きは、五回乗り換えくらいで早く学校につく必要があったが、帰りは途中下車して、ゆっくりといろいろなところに立ちどまるゆとりがある。

自分がその日に選んだ任意の一点から、東京の町を見わたす。それは、家に帰り着くのをのばすためで、目的なくもがいている時間だった。日銀本店の堅固な建物とか、どこかの小学校の壁とか。その時その場所の景色が、ばらばらに今も自分の心に残っている。

青山車庫という広大な電車のたまり場があった。家に帰る順路にあるわけではないが、よくこの停留所で降りて、近くの原っぱで遊んだ。その原っぱの後ろに友だちの家があった。

学校がひけてから電車を乗りついで、その友だちの家に遊びにいった。一時間にわたる電車道中でその友だち(一宮君)が退屈して口笛を吹いた。同行の永井君がそれをとめたことから一宮君はすねて、電車を降りるとひとりでさっさと家に向かった。永井君と私とは平気でゆっくり一宮君の後をついていった。七十年たった今から見ると、子どものあつかましさは常識をこえている。

一宮君の家につくと、彼は自分の部屋に閉じこもって出てこない。「鶴と永がいじめるんだもの」と泣いているとお母さんが私たちに伝えた。一宮君には私たちふたりを同時になぐり倒せるほどの腕力があったが、三人という組の中で、一対二で自分がうとまれたという孤立に耐えられなかったのだろう。それでも平気で私たちふたりは居すわり、一宮君もやがて自分の部屋から出てきて一緒に青山車庫で遊んだ。夕食をもてなされて帰った。

それから六十年たって、青山車庫のあった近くに国連大学が建ち、顧問として下見にいった永井道雄から絵葉書がきて、このあたりを歩いていると、昔のことが浮かんでくる、と書いてあった。

一宮三郎は戦死した。永井道雄も亡くなった。どうして一宮君の家によく遊びにいったのか。彼の姉さん(二年上)が美人だったからと私が言うと、永井君も、「ぼくもそうだった」と言う。そのころ、話し合うことはなかったが、同じ動機を六十年もお互いにかくしていたことがわかった。

それは昭和初期の東京で、今の東京は私にとってひとつの外国だ。

さかさ屛風

自分の死んだあとの指定をしても、守られるかどうかわからない。だが、死んだときに自分の遺体のわきにたててもらいたい屛風を私はもっている。

もともとは、富士正晴が雑誌にかいた画で、その編集者として作者に原画をどうしますかとたずねると、百円で買ってくれというので、買ったものだ。それを低い屛風にした。死んだときに、さかさにして、自分のまわりに置かれることを考えている。

荘子のひとこまをかいたもので、彼が、セミを見つけると、そのセミをねらっている鳥の眼に気づく。さらに、その鳥をねらう狩人に気がつき、さらに、密猟者とまちがえて自分を追いかけてくる番人の気配を察して、一目散に逃げる、という画題である。

屏風の裏側は、もともとは空白になっていた。

あるとき、昔の学生が集まって、家で飯をたべた。座興に、紙をひろげて、何でも書くことにした。てんでんばらばらに書いた文句を、荘子の屏風の裏に貼って、こうして表と裏ができた。

その学生たちが私の前にあらわれてから四十年あまりになる。

彼らは、奈良にハンセン病回復者の家をたてた。学生が自分よりすぐれていると感じることは、しばしばだ。この学生たちは、四十年あまり私をひっぱった。

柴地則之は、古神道の教団から土地を借りて、家をたてるワーク・キャンプの工事をおこした。近所から反対が出て、工事の現場をかこまれた。すると、「皆さんの同意を得なければ、この宿舎の建設はしません」と言って、途中まで積んであったブロックを、みんなの目の前でくずした。あきらめたわけではなく、夏休みごとに男女数人でつれだって、反対派の家々に、ハンセン病は新薬プロミンで治るようになったので、この人びとから伝染することはないという西占貢《にしうらみつぐ》（京大医学部教授）の証明をみせて、説得をつづけた。もはや反対がなくなったと見て、一挙に家をたてた。このように数歩退いて、やがて盛りかえす姿勢が、この学生たちにはあった。

那須正尚は、ハンセン病療養所にいる全盲の藤本としの聞き書きをつくった。この記録（『地面の底がぬけたんです』思想の科学社、一九七四年）は三十年をへて、当時の学生だった木村聖哉が、落語研究家麻生芳伸の助力を得て、記録をもとにした結純子のひとり芝居にした。今もさまざまな土地でこの上演をつづけている。ハンセン病が治るようになってからも、患者が故郷に受けいれられない年月がつづく今、この興行は、日本の現代と取り組む前衛の運動である。

学生の何人もがなくなった。この若い人たちと会うことができたのが、私にとって大学のもつ意味である。

選集の編者

学生は、よくしゃべる。四十年前に、二人づれで私の家を訪ねてきた学生がいて、すわったまま一時間あまり黙っていた。そのためにかえって四十年後も、彼ら二人は記憶にのこっている。

二人とも詩を書く人だったが、そのひとり正津勉《しょうづべん》が『詩人の愛』(河出書房新社、二〇〇二年)という本を送ってきた。それは、さまざまの詩人のさまざまの愛について、それぞれの姿が浮かびあがるように編まれている。黙っているというわざにたけているだけでなく、他人をよく見る人でもあるのだと思った。

あらゆる書物を読むことはできないから、たよりになる選集は、とても役にたつ。私が大学一年生のときにモリスン編『五種類の文章』という選集が教科書に使われたが、その中のパロディーの部で、「本当の話」という文例があった。米国大統領グラントが朝、ポトマック河畔を散歩していると、すっぱだかの美女が溺れている。グラントはすぐに河に飛びこんで美女を救い、ホワイトハウスにつれてきて着るものをあたえた。数日後、女性は酒のびんをもってお礼にきたが、大統領は「私は一滴も飲みません」と断わった。

「本当の話」というと、それはまっかな嘘を意味する。そういう散文の文例だった。グラントは南北戦争の名将だが、大統領になってからは大酒飲みとして知られていた。一年生にこういう文章の見本をあたえるとは、アメリカの大学も粋なものだった。

その後、日米戦争中に、日本海軍の一員として私はシンガポールで船団待ちの期間をすごした。町を歩くと、イギリス人が売った本があった。タゴールの『サダナ』とアーサー・クイラ＝クーチ編『オックスフォード英語散文選』の二冊を買った。『散文選』には、子どものころ、夏目漱石が引用しているのを読んだがよくわからなかったサー・トマス・ブラウンの文が何篇もあって、今度はわかった。また、これも何度も欽定訳聖書で読んでいる「蕩児の帰宅」が、その原型であるジョン・ウィクリフの日常英語訳で引かれていて、これは心に入った。

この本は一九二五年の出版で、持主にとって大切なものだったのだろう。持主の名前がきちんと書きこんである。私が買ったのが一九四三年十月、その時すでに二十年の古い本である。それを手に軍艦に乗り、日本に帰ってきた。

だいぶたってからG・M・トレヴェリアンの『ウィクリフ時代の英国』（一八九九年）という本を読んで、ウィクリフがオックスフォード大学で高い位置にのぼり、やがて追放され、彼自身は死刑を免れたが、仲間は何人も殺されたことを知った。彼の「蕩児の帰宅」には強い気迫がこもっている。トレヴェリアンの『英国史』(一九二六年)には、ウィクリフ追放から丸百年、オックスフォード大学の学問はおとろえたとある。日常の英語で神の言葉を記すことは、ラテン語でだけ読みあげる特権をもつ僧侶にとっては、その特権を奪われることを意味したのだった。

映画の寿命

映画俳優は、スクリーンに生きているだけの寿命の人か。私はグレタ・ガルボに、この人が銀幕から消えてから、注目するようになった。きっかけは、引退後何十年もたってから、ガルボ死亡のときに出た記事だった。

この人は、晩年、ニューヨークにかくれて住んだ。老夫婦とすれちがう時には、うらやましく感じることがあると友だちに言い、「名声と欲望が自分をほろぼした」とつけ加えた。自分の生涯をふりかえって、こんなふうに言える人はすばらしいと思った。

エルンスト・ルビッチ監督の映画『ニノチカ』（一九三九年）はソヴィエト・ロシアの実情をよくとらえている。高等監督官としてロシアからパリに派遣されるガルボが、パリで役目をさぼっているソヴィエト官吏を指揮して見事に動きまわる。彼女のなまりのある英語が、その有能さをきわだたせる。

無声映画の時代の有名俳優のおおかたは、トーキーになってから沈んだ。だがここにガルボがいて、スウェーデンなまりの英語を駆使して、スターの位置を守りぬいた。俳優の死後の名声とは不思議なものである。私の住む京都岩倉に近く、「ガルボ」という喫茶店があって、ガルボの死後四十年続き、去年店を閉めた。今も生き続けるチャップリンには及ばないが、彼に続いて、ガルボのまなざしは日本に長くのこった。

詩人のロバート・グレイヴズは、晩年の談話で、小説家オルダス・ハクスリーも若いときには才能の輝きがあったが、ガルボの魅惑に引きこまれてだめになったと話した。そこにはねたみが働いている。ガルボが、オルダス・ハクスリーの茶会の常連であったとしても、ガルボ自身は才気をもって反応して、集まりに、そしてハクスリーの文学に、寄与した。

日本の無声映画は、アメリカほどには、俳優の凋落をまねかなかった。嵐寛寿郎、市川右太衛門、片岡千恵蔵、林長二郎(長谷川一夫)、阪東妻三郎。この人びとは、アメリカにない歌舞伎劇出身で、せりふも立ちまわりも、トーキーによってくずれることがない。それにそのころは、十年以上にわたって同じ映画が地方まわりに耐えていたので、尾上松之助こと目玉の松ちゃん演じる大石内蔵助の妻離別のひとこまに出会って、大きな目玉が障子にあけた穴から去りゆく妻を見るのを、その死から九十年たった今も憶えている。阪妻は、『新納鶴千代』(一九三五年)がトーキー初出演だったが、戦争中『無法松の一生』(一九四三年)で軍国一色の時代の底に、別の日本をえがくことができた。そして、彼の息子たちをとおして、なおも、そのおもかげは現代に生きている。

その声がとどく

「柏戸やぶる」という記事が今も頭の中にある。祖父母の故郷岩手出身の相撲取りだという連想もあるが、戦争中に新聞を読んでいて、この記事は一行にすぎないけれども、信用できると思った。大本営発表の戦果など、ほかの記事は信用できなかった。柏戸とは、戦後の強い柏戸ではなく、戦中の強くない柏戸である。

新聞にふりまわされたくない。そのころから二十年たって、大学で新聞学を教えることになった。さらに二十年たって、卒業生の合同の会があった。もとゼミナールで親しく対面した学生でも、今は見分けられない。目の前で食べていた大男が突然、「先生に百点をもらいました」と言った。百点とは、よく出す点ではない。

「どんな答案を書きましたか」とたずねると、英書講読の時間だったという。私の英書講読では、一年の前半には新聞分析の論文集を訳読し、前期の試験には自伝を英語で書く。後期には一冊の新聞学の英書を読み、試験の時には身近の人の伝記を英語で書く。親のことを書く学生が多かった。私に話しかけた大男は、自分の父の伝記を書いたそうだ。父は一九三九年夏、ソ連に大敗したノモンハンの戦闘に参加して捕虜になった経験をもつ。戦後になってソ連から帰ってきたので、その話をきいて英語にしたという。

このクラスのあった一九六〇年代はじめまでに、ノモンハンの大敗北のことが話題になることは少なかった。村上春樹が紀行『辺境・近境』(新潮社、一九九八年)、小説『ねじまき鳥クロニクル』(新潮社、一九九四―九五年)を書いて、はじめて広く知れわたった。この学生の聞き書きが六〇年代はじめに私を驚かせたのは当然だった。

もっとさかのぼると、一九五〇年代に、私は別の大学で哲学の講義をもっていた。大学に入ったばかりの学生に、「自分の社会的記憶が生まれた時」という題で、この時は日本語で文章を書いてもらった。書こうとすることのメモをもちこんでもいいことにして、一時間で書くという方式だった。当時十八歳の学生は、小学生だったころの自分の思い出を書いてきた。

「国家を批判する子どもが出てきた」と言って、新聞の投書を読んで、父が食卓で怒っていたことがあったという。大学生になってその時の新聞を縮刷版でしらべると、中学生として工場に動員され、工場の退廃を告発する投書を見つけることができた。筆者は小沢信男とあったという。それから六十年。小沢信男はそのころの記憶を手放さず、戦中の裸の大将山下清の伝記を書いた(『裸の大将一代記』筑摩書房、二〇〇〇年)。

賢い者の移りゆく観察のつづりあわせとして現代日本史を書くのではなく、知恵遅れの天才児の、時代にふりまわされない心を通して、戦中・戦後の現代日本史を、小沢信男は描いた。

小さい新聞

戦争中、私はバタヴィア（現ジャカルタ）の海軍武官府にいて新聞をつくっていた。海軍、とくに太平洋の前線では大本営発表を信じていては、計画もたてられない。「敵の読む新聞とおなじものをつくれ」と言われた。

夜、官舎の自分の部屋で、短波のラジオをきいてメモを取り、朝になると陸軍からくる大量の外電傍受記録とあわせて見て、新聞をつくった。イギリス、アメリカ、インド、中国、オーストラリアの放送を要約して、四、五枚の新聞を毎日つくるのだから、午前の仕事が終わって海軍事務所の共通食堂におりると、箸を持つ手がふるえた。

オーストラリアの市場放送で、「アヴォカド」というものの値段が毎日出ていたが、それがどういうものなのか、私にはわからなかった。それから三十年も後に、アヴォカドが日本の市場にも出るようになって、これがどういうものかようやくわかった。醤油とよく合う。アヴォカドのにぎり鮨というものは、海外から加わった日本料理の傑作と思う。

今も悪筆だが、そのころもかわらない。海軍には合理主義が残っていて、私がひとりで編集している新聞に上級者七人の判が必要だったが、私の机から手のとどくところにおいてあって、判の持主は席にいなかった。私は二十歳で、身分が低い（判任軍属）のだが、隣にいる女性タイピストふたりが、書くそばから清書した。部隊内には読者はおらず、南西方面艦隊、第一南遣艦隊、第二南遣艦隊などの司令長官と参謀長あてに送られた。海軍では一番身分の低い参謀は大尉だったから、この人たちが（読んでいるとしたら）読んでいた。限定部数五部くらいの新聞だった。

部隊の司令官は海軍大佐で、やがて海軍少将となった。この人は日本の戦争目的を信じていると同時に、自分の価値判断の一部にアジアの解放という理念が動かすべからざるものとしてあって、スジョノ、シャフリル、ハッタ、スカルノと連絡をとっていた。その何人かを、バタヴィア海軍武官府のインドネシア語講師という名目で招いており、敗戦のしらせがとどいたとき、すぐに武官官邸の地下室を彼らに開放して、自分はその席に出ず、インドネシア独立宣言の起草のために提供した。ジャワ島全体は陸軍の支配地区なのだが、この決断を陸軍にしらせることはなかった。この武官の名は前田精。そのときにはしらなかったが、もとコミンテルンの一員だったタン・マラッカを島に招くことも、他の指導者にしらせることなく、すすめていた。

日本が戦闘停止を決めたときから、海軍武官の心中に、「大東亜共栄圏」への手助けに向かう動きが、国や政府とは独立して生じた。インドネシア独立軍に身を投じた吉住留五郎は、この海軍武官府の課長だった。

集まったものの行方

柳宗悦の『蒐集物語』(中央公論社、一九五六年)という薄い一冊によれば、蒐集は、美術館に行っても、そこにあるものとくつろいでつきあう感じにならないと、心に残らないそうである。

柳にくらべると、白洲正子の集めかたは、自分がほしいと思うものがあると、これまで楽しんできたものを売って買いかえる。おなじ店で買うのだから、高く買ってくれるという。

これと似ているのは那須正尚で、彼は四十年前に私のゼミの学生だったが、ホスピスに見舞いにゆくと、

「信じていただけないかもしれませんが、私は金に困ってはいません」

と言う。これまで、ときどき骨董を買っていたが、今、余命わずかと知ると、これまでのものを全部売って、ホスピスですごす時間を得た。私は知らなかったが、彼は骨董の目利きで、しかも、いさぎよい人だった。

ウィーナーとローゼンブルースの『サイバネティクス』の引例でおぼえたことだが、カツオノエボシという生きものは、肉眼には個体に見えて、生物学の見地では群体だ。そういうものが海に浮かんでおり、浜辺にうちあげられているのを、子どものころ見たことがある。これは英語で言うと、Portuguese man-of-war で、ポルトガルの軍艦と呼ばれる。イギリスやオランダやスペインの艦隊が世界の海を制覇する前の時代に、それらに負けない強い軍艦として海をゆきかっていたのだろう。

自分にひきよせて考えると、カツオノエボシほどではないが、自分もまた、さまざまの

要素の組み合わせで、ひとつの表情をつくり、ひとつのものであるようによそおって、他のよそおいある個人と互いに対しているのだろう。

十七歳のころ、ニューヨークの図書館で働いていた。大学の夏休みは長いので、三カ月近く、一日おきくらいに近代美術館に通って、たくさんの作品にそれぞれなじみになった。その中にバルラッハの木彫があって、ひざをかかえ、眼をつぶって、歌を歌っていた。

そのときから六十年以上たった。日本語でバルラッハの伝記を読むと、彼はナチスにうとまれ、大きな彫像や記念碑はすべてこわされ、私が見ることのできた「歌う男」の彫像は、現在に残るめずらしい作品となっている。眼をつぶっているのだから、この人物のまぶたのうらには、何か別の姿が見えているのだろう。

私が他にくらべようもないほどたくさん見た芸術は、自分のまぶたのうらの色と形である。それらは記憶にとどまらない。六十三年前に見たバルラッハの「歌う男」の姿は、今も、私のまぶたのうらに呼びだすことができるのだが。

二　ぼんやりした記憶

駆けくらべ

水木しげるの『河童の三平』は、私の古典である。そこに出てくる死神は愛嬌があって、ヨーロッパの神話に出てくるような荘厳な風格をもっていない。

三平は、おじいさんとふたりで山の中に住んでいる小学生だ。おじいさんの寿命が終わるので、死神がつれに来た。そこを、小学校からもどってくる途中の三平に見つかって、物置にとじこめられ、空腹のあまりモグラを食って腹くだしになる。

三平は、学校から帰るのがおそいとおじいさんに叱られ、おなじ物置にとじこめられる。すると、くさくてたまらない。どうしたのだときくと、死神はなりゆきを説明する。

三平「くさいなあ。」

死神「おれも反省しているんだ。」

こういう死神になら、私も競走を申しこんで見ようという気になる。だが、大レースを挑むのは無理だ。五十メートル競走くらいなら、あるいは死神に勝つことはできるかもしれない。そこで、五十メートル、また五十メートルとレースを持ちかけて、なんとか負けないできている。今のところ。

徳富蘇峰（一八六三―一九五七）は、初老にかかる五十五歳のときに思いたって、一万メートル競走に挑んで、八十九歳のときに『近世日本国民史』全百巻を完成した。偉大なことだとは思うが、決して真似はしない。五十メートル、五十メートルと、私はくりかえすだけだ。

三平のおじいさんと私と、どっちが年をとっているかわからないが、私は八十一歳を迎えて、視界がはっきりしているとは言えない。しかし、ぼんやりしていることと、それがしっかり自分に根づいた見方であることとは、相反するものではない。

六十二年前、十九歳のとき、米国メリーランド州ボルティモア市に近いミード要塞の内部にある戦争捕虜（ＰＯＷ）収容所にいて、「交換船が出るが、乗るか、乗らないか」という決断を求められた。

「乗る」と答えた。

この戦争で、日本が米国に負けることはわかっている。日本が正しいと思っているわけではない。しかし、負けるときには負ける側にいたいという気がした。

もし勝つ側にいて、収容所の中で食うに困ることもなく生き残り、日米戦争の終わりを迎えるとしたら、そのあと自分が生きてゆく途は、ひらけてゆかないように思えた。

それは、ぼんやりした見通しで、しかし六十二年たった今ふりかえっても、後悔しない。ぼんやりしているが、自分にとってしっかりした思想というものは、あると思う。

つたわる・つたわらない

自宅から歩いてゆく道ばたに家があって、その前で、二歳児がおなじく二歳児と遊んでいた。その家の子のほうは、互いによく会うので、私にあいさつした。私もあいさつをかえした。

もうひとりの子のほうは、その家の子に、「誰?」とたずねた。すると、その家の子は、「よく来はる人」と答え、もうひとりの子はそれで納得した。それは、ふたりの二歳児にとって、私についての十分な定義としてつたわっていた。

私は、まだ大学につとめていたころのことを思いだした。大学のそばに歯科医院があって、たまたま授業のあいまに私はそこに行った。

先客に何人もこどもたちがいて、おたがいに知らない子のようだった。二歳くらいの男の子が、ひとりで絵本をひろげて読んでいたが、おもしろいところに出会ったらしく、その絵本をひろげたまま、近くの女の子の二人組にもっていって、「おさるさん」と説明した。ふたりの女の子は、小学校に入学したところだったか、二歳児に対する六歳児の優越を示して、「ちがうもん、チンパンくんだもん、ねえ」と言って、六歳児同士の団結を見せた。二歳児はすごすごと、もとの席にもどっていった。

私は学術語の役割を連想した。

明治のなかば、新渡戸稲造は、日本で学校を終えて、米国のジョンズ・ホプキンス大学に留学した。社会学の先生に試問されたとき、スペンサーならば、どのページに何が書いてあるかまでおぼえているので、彼の用語についてどんなむずかしい質問にも答えられるつもりだった。ところが、「スペンサーをどう思うか」という質問をはじめにされたので、とても困ったという。そこから定義を墨守しない新渡戸流の学問の転回がはじまった。

万古不変の定義は、経験のかかわる領域では、むずかしい。その場にあるモノを使って必要に応じて概念を定義する方法は、江戸時代の落語に流儀としてすでにあった。三遊亭円朝作「芝浜」は、酔漢、浜辺、財布の三題を寄席のお客に与えられて、その場でつくられた。酒のみの女房による生活たてなおしの工夫がここにあらわれる。こんにゃくの値段と大きさを取り入れて仏教用語と対比する「こんにゃく問答」などは、つたわらなかった失敗例を通して、あるべき定義術を今日に伝える。

あふれ出るもの

自分で定義をするとき、その定義のとおりに言葉を使ってみて、不都合が生じたら直す。自分の定義でとらえることができないとき、経験が定義のふちをあふれそうになる。あふれてもいいではないか。そのときの手ごたえ、そのはずみを得て、考えがのびてゆく。明治以後の日本の学問には、そういうところがあまりなかった。

試験のための学習は、そういうはずみをつけない。ヨーロッパの学問の定義ではこういう、というのを受けて、その適用をこころみ、その定義にすっぽりはまる快感がはずみとなって学習がすすむ。すっぽりはまらないところに注目して、そこから考えてゆくというふうにはならない。

アニミズム（物活論）という言葉は、早くから知られている。文化人類学者タイラーの言葉で、彼の定義によると、ものそれぞれが生きているという信仰で、それは未開の民族にひろく見られる。人間の宗教の発達のごく初期の段階で、そこから高度の普遍宗教への進化が見られるという。

二十代のはじめに私が京都に来たとき、特別研究生だった梅棹忠夫と親しくなった。彼はディズニーの『自然と冒険』という、砂漠に生きるさまざまの生物をとったドキュメンタリー映画について、あれを動かしているのはアニミズムだという。そしてアニミズムというのは、低い思想ではないという。それは、私の学習してきたヨーロッパの学問の定義からあふれ出る、新しい定義だった。

外出しているあいだにとどいていたカステラの箱を前にして、私の子ども（一歳児）がおじぎをしていた。ここには、ヒトとモノとの境界線が取り払われている。

宗教哲学者柳宗悦は、晩年モノとヒトとの区別をなくし、すぐれたモノには、ヒトに対すると変わらぬあいさつをしたという。これはモウロクか、宗教心の深まりか。

紀貫之筆の『古今和歌集　仮名序』は、生きるモノそれぞれのリズムに共感するところから歌が生まれると説いており、歌う心のはたらきにアニミズムを見ている。千年をこえる和歌を支える歌学には、アニミズムを基礎とする理論がある。

アリストテレスからリンネをとおって分類の体系の中に生物をおくヨーロッパの学問は、リンネ学者中井猛之進を父とし、彼に反撥して東大中退後、短歌雑誌の編集者となった中井英夫の『黒衣の短歌史』(潮出版社、一九七一年)へと達する思想系譜をもつに至る。

中井英夫は、暗号兵としての形式的洗練の練習をへて、推理小説『虚無への供物』「火星植物園」『とらんぷ譚』を生んだ。父への反撥は別様の空想的分類学をつくるばねとなった。

ピンでとめられるか

社会学者デイヴィド・リースマン（一九〇九―二〇〇二）が日本にきたとき、私にはうつ病があったので、会う機会をうしなった。京都の学者たちの会見の様子を、あとで桑原武夫からきいた。リースマンは、鮒ずしがとても気に入ったそうだ。

同席した日本人の学者たちが、英語を使ってリースマンに質問し、またリースマンの質問に直接答えた中で、梅棹忠夫は、通訳を介して受け答えをした。

どうして彼だけが通訳をとおしたのかというリースマンの質問に答えて、

「私の考えは、私の下手な英語ではうまく言いあらわすことができません。」

これは、英語についての謙遜と思想についての自信の両者をそなえた表現である。桑原さんをとおしてつたえきいたはなしで、ほんとうかどうか保証しがたいが、英語で言われると、ピンでとめられたように言葉の意味が定着されるような錯覚が当時の日本にはあった。その流れに対するおだやかな抵抗が感じられる。

英語は普遍語か。そのころ食堂で、となりの席のアメリカ人が日本人の学生にはなしていた言葉が耳にのこっている。

「下手な英語は、普遍言語です。」

こう言われると、賛成したくなる。これは普遍語として現実に使われている英語の効用に限定をつけているからだ。

だが、いったん自分が口から発した自分の英語の発言に、「君はそう言ったではないか」としばられてしまうことを恐れる気持もよくわかる。第二次世界大戦後のBC級戦犯裁判では、そのために不利益をおしつけられた場合がひとかたならずあっただろう。それは裁判記録の外にある歴史の実態だ。

反対に、裁判官の発した英語そのものに、うたがいをさしはさむ自由を、今では私たちはもっている。東京裁判のキーナン首席検事が、これは「文明のさばき」であると述べた言明に対して、「そうですか?」と言いかえすことは、今日、日本人にとって右左をとわず当然と考えられる。当時すでに、インドのパール判事がはっきりと言い、オランダのレーリンク判事もうたがいを彼に表明したにかぎられるが、原爆投下が、今では戦争裁判のうしろに、文明に反する行為としてはっきり見える。

日本語という方言からの異議申し立ては、英語、そしてヨーロッパ語が普遍語だという確信がとおっていた敗戦直後の日本の学界でも、いくつかの発言としてあった。ルース・ベネディクトが日本文化を「恥の文化」としておおざっぱに規定したのに対して、作田啓一は、日本文化の流れに恥とは別に「はじらい」の感覚があることを、太宰治の作品の分析をとおしてくり広げた。

わかれ道のあるままに

前田愛と立ち話をした。そのあとすぐ彼がなくなると思わなかったので、すわってゆっくり話をきかなかったのが残念だ。

森鷗外を夏目漱石よりも高く評価する、と彼は言った。しかし、漱石の『文学論』の問題提起には感心するという。あれは、当時、どんなに広く同時代の参考文献を読んだとしても、漱石には解決できなかっただろう。社会学だけでなく、文化人類学の成果を参考にして、I・A・リチャーズ(一八九三―一九七九)がはじめて解決の方向に手がかりを見つけた。そう前田愛は言う。たかだか二、三分の会話だったが、心に残った。

リチャーズは、一九三〇年、中国の北京で三人の教授に教えられつつ、二千三百年前の孟子の心理学を手探りで考えた。その成果を公表したのは、中日戦争の中で米国の大学が中国を支援する目的で開いた一連の講座の一回だった。一九四〇年のことである。リチャーズの探索は『孟子の悟性』(一九六四年)で読むことができる。

北京にいたころ、リチャーズは三十七歳。中国古代研究者三人の手引きを得ても、なにしろ二千三百年間にいくつも解釈ができ、現在の英語の術語でひとつの意味に追いこむことはできない。そこで、いくつもの意味方向の共存という形で整理してみた。ちがう風景のなかにいるという位置づけがここではまず必要だとリチャーズは思った。ちがう定義の共存から、互いの用語の意味のちがいをはかり、そのようにして互いの接触をはかる方法である。「AかBかCか」というちがいをのこしたままで、意味の岐路と迷路をあるがままにとらえようとする。

リチャーズは、C・K・オグデンとの共著で『意味の意味』(一九二三年)をすでに書いていた。この本はヨーロッパからアフリカを視野に入れて、意味とは何かの用例を分析している。だが、三十七歳にもなって、遠く離れた中国の漢字の迷路の中に自分を置くというのは、新しい冒険である。

リチャーズは、英国で自分の学生だったW・エンプソンから示唆を得ている。『あいまいの七つの型』(一九三〇年)は、シェークスピアから用例を取って、あいまいな意味の型を例解した本で、あいまいな表現の効果を分析している。このエンプソンも、日本と中国に暮らして、漢字から刺激を受けた。上海にいて日本軍飛行機から爆撃を受けたときのエンプソンの一行「立つことの核心は、自分が飛べないことにある」は、漢文に近い。

夏目漱石が『文学論』と自作の漢詩によって指さした境涯は、リチャーズの意味論、エンプソンの意味論とに、半世紀を通してなだらかに続いている。

オール・タイム・ベスト

眠りにおちるとき、いくつもの層をとおる。その途中で、自分をつねるかなにかして、もとの、さめている状態にもどし、おちてゆく段階を書きとめておく。そういう仕組みを自分の習慣に組み入れて、考えを積みかさねる。その方法は、エドガー・アラン・ポーの『ユリイカ』に生きている。これは健康をそこねる。のんだくれだったこともあって、ポーは早く死んだ。

私は、ちがう方法をとる。眠りからさめたときに、いくつもの層をとおって正気にもどる道すじを記す。

片岡義男から、「オール・タイム・ベスト」という言葉を教えられた。自分のこれまでに読んだ本のうち、今、心にのこっているものをあげるということだ。眠りからあがってきたとき、自分にとって、なにがのこっているか。二〇〇三年一〇月一八日朝、私にとってのベスト・ファイヴというと、水木しげる『河童の三平』、岩明均『寄生獣』、宮沢賢治「春と修羅」、ウィルフレッド・オウエン「ソング・オヴ・ソングズ」、ジョージ・オーウェル「鯨の腹の中で」があがってきた。

これは、文学史であげるベスト・テン、あるいは、桑原武夫『文学入門』の近代小説百選とはだいぶちがう。一瞬の中に浮かんだオール・タイム・ベストである。

平常心に近くなってきたところで、五冊足してベスト・テンにしてみた。魯迅『故事新編』、司馬遷『史記』、夏目漱石『行人』、トルストイ『神父セルゲーイ』、ドストエフスキー『カラマゾフの兄弟』、マーク・トウェイン『ハックルベリー・フィン』。

二十冊まで考えてみると、だいぶ正気になってきた。そこでウィクリフ訳『新約聖書』、イシャウッド訳『バガヴァッド・ギーター』、ジェーン・オースティン『説きふせられて』など。それでも漫画を忘れたわけではなく、つげ義春の「長八の宿」と『ゲンセンカン主人』。

これには、八十一歳のもうろくが手伝っている。十九歳のころだったら、そのころ出会ったマシースンの評価どおり、アメリカ文学最高の作品は、まず『モウビー・ディック』(白鯨)としたかもしれない。しかし八十一歳になると、もうろくの中で、佐々木邦訳『ハックルベリイの冒険』をあげるのをためらいはしない。埴谷雄高は二十世紀最高の作品としてプルーストの『失われた時を求めて』を推したが、私の中ではそれらにも押し負けない。

アンドレ・ジッドは、死ぬまぎわに、自分のききなれた子守歌の一節「マシュマロみたいな甘いかた」が耳によみがえるのをおそれていた。私のリストの中には、歌も音楽も入ってこない。この種のオール・タイム・ベストは、ジャンルを破壊して、飛び入りがあるものだが、私の場合「カチューシャの唄」という流行歌がそれにあたるのか。

かわらぬものさし

「尊皇攘夷」という合い言葉がはやらなくなって、そのうち「尊皇」だけが残り、新しい政府の下に、西洋の習慣が取り入れられるようになった。それからのこと、「□□はもう古い」というのが知識人の言葉づかいの中に棲みついて、百五十年近くになる。

はじめは、わずかに知識人代表がヨーロッパに旅して新知識を仕入れてきた。その輸入には船便で三カ月かかった。だんだんに船は早くなり、タネの仕入れは数年とだえたが、戦争が終わってからは、テレビを通してほとんど同時に仕入れ元の米国、そしていくらかは前とおなじくヨーロッパから、新しい習慣と知識とがとどく。

それでも、「□□はもう古い」は、ものさしとして有効である。「サルトルはもう古い」

というように、その□□のところに何を入れてもおかしくはない。ことによると、「□□はもう古い」は、明治以来百五十年で最も長持ちしている文化遺産かもしれない。

かつて、福沢諭吉門下の藤田茂吉（一八五二―一八九二）は、この言葉づかいにクサビを打ちこもうとして『文明東漸史』（一八八四年）を書き、いまや国策に沿って知識人の地位上昇をはかる風潮とはちがって、明治以前には自発的な動機にもとづく西洋の習慣の取りいれがあったと説き、渡辺崋山、高野長英の努力をあげたが、その足跡はこの百五十年の滔々たる流れの中にかき消された。

これに対してどういう組み手があるか。

①『古くさいぞ私は』と、坪内祐三のように平然としている。

②幸田文のように、自分をからかう若者に、父の露伴ゆずりの『古事記』の知識を引用して煙に巻く。

③古いものの中に自分のよりどころをもって、新知識に対する。

文明はエスカレーターに乗っているように二階三階と進んでゆく、というまぼろしが日本の近代史にはあり、それは敗戦をはさんで復活した。宗家の米国においても大勢はおなじだが、その中で、二十世紀はじめに文化人類学者のアルフレッド・クローバーは、一族が死に絶えた後単身で都会に姿をあらわしたヤヒ族のイシに会って、彼をすぐれた人と認め、その暮らしかたと人となりを記述した。イシが亡くなり、クローバーが亡くなったあと、クローバー夫人は夫の遺稿からイシの伝記を書き、娘のル゠グウィンは、イシの影のおちるファンタジー『ゲド戦記』を書いた。さらに最近、クローバーの息子ふたりがイシの伝記を取りあげた(*Ishi in three centuries*, 2003)。文明人による帝国主義国の中で、クローバー一家がイシの思想をついで文明批判を続けている。

日本国も植民地をもったが、その中で、日本の知識人は、このような努力の跡を残さなかった。温故知新は、新知識の学習とともに、私たちの目標としてあらわれる時がくる。

ゆっくりからはじまる

年月は、長くも感じられ、短くも感じられる。それが時間というものの性格だ。

「二十億光年の孤独」で登場した谷川俊太郎は、少年のころから時間へのするどい感覚をもっていた。
億光年ほどではないが、私の生涯で、長い時間の感覚にふれたことが二度ある。

一度は、日米開戦直前の一九四一年、在米日本大使館の若杉公使が、まだ残っている日本人留学生のひとりひとりに万年筆で手紙を書いて、つぎの引き揚げ船に乗って日本に戻るようにと知らせたときである。

私は自分の身元引受人だったアーサー・M・シュレジンガー(シニア)と相談した。すでにハーヴァード大学講師だった都留重人も、相談にまねかれた。シュレジンガーはそのとき、自分はアメリカ史の教授で、日本史の専門家ではないと、自分の予測を割引した上で、黒船到来のとき、孤立した貧しい国だった日本が、列強の間にあって見事に舵取りをして、独立の国を築きあげた。それほど智恵のある指導者のいる国が、アメリカに対して、負けると決まった戦争に踏みきるとは思えないと言った。

都留さんは、アメリカ資本主義の代表と日本資本主義の代表がかくれて折衝しており、妥協が成立するだろうという推測をのべた。政治家の家に育った私は、今の日本の政治家の習慣として、開戦を阻止できないとのべた。だが、今とりあげたいのは、当時、日本史研究者でないアメリカ史家の心にまだ残っていた、「日本の指導者は賢い」という九十年前の歴史上の事実である。

もうひとつは、一九四五年日本占領のときに海軍軍医として日本にきた同級生が、名簿をたよりに私をたずねてきた。初対面だったが、彼が最高優等賞を取ってハーヴァード大学を出ていることは後で知った。彼、エリック・リーバーマンが話題にしたのは、米国はこれから全体主義になるだろうということだった。一九三〇年代のアメリカで学生だった私には、信じられなかった。しかし、二〇〇一年九月十一日の同時多発テロのあとにテレビに登場した米国大統領ブッシュが、「私たちは十字軍だ」という演説をしたとき、リーバーマンの予測が六十年たって当たったことを感じた。

大臣や国会議員など、壮年のころの予測は、今年、来年のことに限られやすい。歴史の大きなうねりは、事業にもまれている者にとっては、たとえその頂点に立っても、見きわめにくい。軍事国家だったころの記憶を掘り起こせば、早起き早飯という反射を植えつけられる軍人生活の中で、遠い未来を予測することは思いもよらない。

少しずつもとの軍国に近づいている今、時代にあらがって、ゆっくり歩くこと、ゆっくり食べることが、現代批判を確実に準備する。大岩圭之助たちによってスローフードの運動が今あたらしく起こったことは心強い。

政治史の文脈

人を殺したくないと思った。学齢に達する前に、張作霖爆殺の号外が写真入りで家に投げこまれたころから、日本人が外に出かけてそこの人を殺すことへの恐怖は私についてまわった。学校に行くようになっても、この事件が私から離れることはなかった。

そのあと、戦争をしないと誓う憲法ができた。これはうれしかったが、人を殺したくないという五歳からの自分の不安とは、かかわりのない理論として、新聞や雑誌や学校でとりあげられていた。さらに六十年近くたって、イラクへの派兵とそれについての論議に、ふたたび不安がよみがえった。

イラクの戦争被害をやわらげにいった三人の日本人が、現地で人質になり、やがて解放されたが、日本政府に迷惑をかけたという声が高くなり、国会では、「反日分子」として追及する議員が出た。

「反日分子」という言葉は、私が育ったころによく使われた。当時「暴戻《ぼうれい》なる支那を断固膺懲《ようちょう》」というふうにつづいて、新聞紙上をにぎわした。

こういう言葉遣いは、今も残っているのか。そして現代日本政治史の文脈の中で、その文脈の記憶をもたない代議士によって復活し、今ふたたび私たちの前にあらわれた。

イラクで人質になった三人の日本人を、米国国務長官パウエルはほめて、こういう若い人が出ないと社会は前に進まない、と言った。日本とアメリカとの前提の違いが出ている。なぜ、日本では「国家社会のため」と、一息に言う言い回しが普通になったのか。社会のためと国家のためとは同じであると、どうして言えるのか。国家をつくるのが社会であり、さらに国家の中にはいくつもの小社会があり、それら小社会が国家を支え、国家を批判し、国家を進めてゆくと考えないのか。

四十年前、ベトナム戦争の中で米軍からの脱走兵があらわれた。宗教者会議（シノッド）を通して良心的兵役拒否をする個人を助ける制度ができた。シノッドの構成によって、その裁定はちがった。あるとき、君は子どものころから教会に行ったか、聖書のどこをおぼえているか、というメソジスト系カナダ人牧師の試問にあって、良心的兵役拒否の資格なしとして落第した少年兵を、私は家に引き取った。すると、ユニテリアン系のアメリカ人牧師が、自分がその少年兵に会おうと言って、私の家まできた。「君のお母さんは、どういうふうに君を教えたか、どういうことがいいことだといったか」と彼に問うた上で、牧師は別のシノッドをつくり、証明をつけて彼を基地に送り返した。

人を殺したくないという感情は、「良心的兵役拒否」という法律用語よりも前にある。

はみだしについて

定義をおぼえて、その定義にすっぽりはまる実例をひく。これは、学生として試験の答案を書くときには適切な方法である。だが、学問を開拓するには、それは適切な方法ではない。

出会った実例が、はめこもうとしても定義の枠をあふれるとき、手応えを感じるのが、学問をになう態度として適切だ。はみだす実例に偶然に出会うときもあるし、はみだす実例をさがすように心がけるときもある。

以前にもふれたが、日米戦争中に米国内の捕虜収容所をおとずれて、通訳を介して証言を集め、それらを分析して、『菊と刀』という日本文化論をルース・ベネディクトは書いた。日本に一度も来たことがなく、日本語を学ぶこともなく、このような卓抜な仕事を、彼女はなしとげた。その実例分析によって到達した「日本の文化は恥の文化」という定義を受けいれて、それに合致するような実例をさがして答案を書くとすると、それをアメリカ人が書くとしても、日本人が書くとしても、そこには「あふれ出る感覚」(brimming)はないだろう。そして「あふれ出る感覚」こそ、学問が生きているという実感なのだ。

「恥」とは、状況の中で自分が笑いものにされるときにもつ感覚で、それは、「笑いものにされるな」という道徳をつくる。だが、その道徳からあふれ出るものがある。

前にもふれたが、作田啓一は、自分の好んで読んできた太宰治の作品が、「恥の文化」の定義にすっぽり入らないことを感じた。東京の酒場で進歩的な東大生の仲間とともにいて、自分もまた進歩的東大生のひとりとしてフランス語からの翻訳語を互いにやりとりしながら議論しているうちに、突然、太宰は津軽の小学生仲間の視線を自分の背中に感じる。

そのとき東京人と郷土人とのふたつの視線にはさまれて、「はじらい」が生じる。そのはじらいが太宰の文学の源泉でありつづけた。

「甘え」というのは、土居健郎が掘り起こした、日本文化を見るひとつの視点である。恩愛の中に湯浴みするという赤ん坊のときからの感覚が、日本人の生活感覚の中に生じているという。この考え方に米国在住の精神分析家竹友安彦は、もうひとつのまなざしを加えた。日本語の辞典をひもとくと、平安朝からの用例に、宮中の無礼講において、老人に甘えかかる、なかば遊びになっている習慣がある。それは、長い年月を通して日本人の習慣にくりこまれているという。これもまた定義からあふれ出るひとつの自覚である。

明治の学校制度のはじまりから百三十年。欧米の先生の定義に合う実例をさがして書く答案がそのまま学問の進歩であるという信仰が、右左をこえて今も日本の知識人にはある。そこから離れた方向に、私たちはいつ出発できるのか。

犀のように歩め

「犀のように歩め」。瀬戸内寂聴の『釈迦』(新潮社、二〇〇二年)で、久しぶりにこの言葉に出会った。前にも、会ったことがある。釈迦が実在の人だったことは疑いないが、彼がなんと言ったかは、きわめにくい。しかし、今に語り伝えられる「犀のように歩め」は、ほんとうに彼が言ったことのように思える。

中国には犀はいないし、日本にもいない。しかし釈迦のいたころのインドには、一角犀がたくさんいて、人に知られていた。

鼻先の一本の角は、中に骨はなく、一生成長をつづける。「性質は遅鈍で、視力がきわめて弱いが、嗅覚と聴覚は鋭い」と百科事典にある。

昔読んだインド人アナンダ・クムラズワミの仏陀伝では、「汝自身に対して灯火となれ」と釈迦は説いている。自分自身が灯火となって、自分の行く道を照らすように、と言う。これは自分の角をしるべとしてひとり歩む犀の姿を思わせる。

メキシコで会った中国人の教授は、日中戦争中に父親から、「日本人に心をうちあけて話してはいけない。日本人は個人としては善い人のように見えても、国家の方針がかわると、がらりとかわってしまうから」という言い伝えを受けたそうだ。

日本に犀は少ない。明治以前を考えると、富永仲基(一七一五―四六)は、商人の子として、世の中にどうしてこんなにお経があるのだろうという問題をたてて、もうけのためだ、坊さんが食うためだという答えに気がついた。彼はその仮説を、儒教にも神道にもあてはめ得ることにも気がついた。

十四歳の万次郎は、嵐に流されて無人島に上陸し、仲間と食物をさがして飢えをしのいだ。やがて米国の捕鯨船に救われた。船長は万次郎の利発な性格に注目してアメリカ東部につれていった。万次郎はそこで学校の勉強のほかに、たる作りの修業もした。やがてボートに乗って日本に帰る夢を捨てず、ことによると命を失うかもしれない危険をおかして日本に戻った。

明治以前だから、こういう人がめだつ。明治に入って国家が西欧文明を学校制度を通して日本中にひろげてから、思想はかえって平たくなった。この環境では犀を見つけることはさらにむずかしい。編集者は犀を見つけることが仕事のはずだが、実際にはその仕事の内実は、うわさの運搬である。その中で、目利きとして私の記憶に残る例外的な編集者は、戦中・戦後の林達夫、花田清輝、谷川雁である。

司馬遷は早くから、千里の馬はいつの時代にもいるけれども、それぞれの時代に目利きが少ないと嘆いた。千里を行く馬は速いが、犀はのろい。しかし、ひとり千里を行くという点で、両者は共通である。

ポーの逆まわし

前にも書いたことだが、エドガー・アラン・ポーは酒呑みで、ねむりに入るとき、何層もの意識を降りてゆく中で、思いつきにあうと、自分をつねるかどうかして、もう一度、意識の表面に戻って、書きとめたそうだ。

それは、健康にわるい。ポーの短命も、深酒によるだけではなかったかもしれない。

私は、目が覚めるとき、それまでの意識の何層かの記憶が心に残っているうちにその痕跡を書き残す。無意味なことも多いけれども、なにか大きくつかんでいることもある。

たとえば、人間はいてもいいが、いなくてもいいという感触。そこから、もうすこし、あがってきて、人間はいてもいいが、いるとしたら、理屈をつけて殺しあわないほうがいいという、考え方。その考えは動かない。

もうひとつ。「ある」という感覚。それをうち消すことは、意識の底のほうにいるときには思いつかない。「ない」という方向に行くには、多少の想像力が必要なので、ぼけの底にいるときにはむずかしい。ただ「ある」のみ。

意識の表層まであがってきたあとも、自分のすでにはっきりしている意識の中に、めまいの中心がまだ残っていて、時刻にあわせて、くるくるまわるこまの中心の一本の棒が支えとして残っているように、ただの棒として、そこにある。

「ある」ということを否定する技法をもたない、ただのでくのぼうとしての自分がそこにいる。

消滅に向かう老人のこの感慨は、子どものころ、自分の想像力を駆使して、自分のない状態を意識にひきよせ、ひたすら死をおそれていたのと、ちがう感慨だ。今、自分が死滅するとして、そのときも、そういう感慨はあるだろう。それが、自分であるかどうかは別として。

誰か哲学史の中で、そういうことを言ったか。言った人はいるにちがいないが、出典をあきらかにして、引用を正確にするところから、私はもはや遠いところにいる。もうろくという感覚を自分でとらえてみると、もうろくの中心に、「ある」というこの感覚がある。

昨日までできたことが、ひとつひとつできなくなる。その向こうに、「ある」という感覚が、待っている。

今、これを断念するということを、わびしいと感じない。人はそれぞれ、たくさんのことをしてきた。その中のひとつ、ひとつ、だから。玄冬の向こうに、よみがえりの春が来るのを信じることなく、しかし、「ある」ことが、自分を終わりまで、ここで終わりと気づくことなく、支えるだろうと期待している。

三　自分用の索引

記憶を編みなおす

寺山修司は、自分が生きているうちに記憶を失うかもしれないというおそれを抱いていた。おそらく、少年のころにかかった、そのころ不治と言われていたネフローゼのためだろう。その予感は、危機をひとまず切りぬけてからも、彼から離れることがなかった。

中年になって寺山のつくった『百年の孤独』(『さらば箱舟』と改題)という映画を見ると、身のまわりのモノに何でも、紙切れに書いた名前をくっつけてしまう場面が出てくる。机とか、椅子とか。その点、漢字は便利である。文字が、いや、単語がそのまま絵になっているのだから、おぼえやすい。

今、絵にしてしまえば、言葉を忘れてしまってからも、とらえたいモノを手元に引きよせられるだろうという幻想。

私にも寺山に近い恐怖があり、それは、ネフローゼではなく、うつ病から来る。老齢に入ってからは、もうろくによって、今、思いだしたいものの漢字に引きよせられてゆく。「ある」ものの中から、思いだしたいものの名前を思いだす作業は、人生の終わりに向かってさらにむずかしくなってゆく。

佐藤健二によると、高齢の人がなにを忘れてゆくかによって、その人の考えの根元があきらかになるという。気になるから、くりかえしその忘れやすいものをみずからに問うて確かめようとする。柳田国男の場合、それは地名、それも日本国内の地名だった。地名と結びつけて、自分の記憶の整序を計っていたそうだ。

モノの味わいを索引とする場合もあるだろう。すぐれた詩人は音の響きでおぼえる。自分を一個の図書館、あるいは博物館になぞらえると、分類方法を、自分のもうろく度、あるいは反対に成長度にあわせて、かえてゆかざるを得ない。

私個人は、人の名前から思いだそうとする。その人の名前が浮かばないと、不安になる。親しかった哲学者、橋本峰雄は、酒に酔ってくると、あなたは、どなたさんでしたかな、と、面と向かって問うことがしばしばだった。

もうひとりの友人、山田稔は、バスの中で人に親しげに声をかけられ、その人の名を思いだそうと努力しても思いだせないので、気分が悪くなって、目的地の手前で降りてしまったという。

個人の名前は消えてゆく。私にとっては地名はもっと早く消える。あるというだけの大海に向かって進む。「ある」の向こうに「ない」があると、今はまだ想像力で推定できるが、その想像力をなくすと、「ただあるの状態」で自分は終わるのだろう。途上、自分に使いやすい索引を、くりかえしあらためて編むことを心がける。

あだ名からはじめて

八十二歳になってふり返ると、小学校の六年間は楽しかった。その学校では、あだ名のレヴェルが高かったことも手伝っている。

あだ名をつくるこつは、遠心力の活用にある。となりの子をスサノオノミコトと呼ぶと、一挙に二千年をさかのぼって、高天原の高みから、現在の小学校を見下ろすのがおもしろい。神話は、そのころの小学生共通の教養だった。

その小学校から七年制の中学・高校一貫校に入ると、あだ名のレヴェルが落ちて、がっかりした。

当時の新聞マンガの主人公、たとえば「只野凡児」を加工せずにつけるというのは、あだ名としては手抜きだ。小学生のころから勉強を重ねて、受験戦争に勝ち抜いた八十人の中学一年生では、あだ名をつける手練にたけた者がいないばかりか、あだ名を味わいわける常連《クリエンテール》にも乏しい。努力してもすぐにレヴェルはあがらない。

伝記というのも、おなじではないだろうか。後年、オーブリーの『名士小伝』を読んで、小伝のたくみなことに感心した。イギリスの新聞の死亡記事を集大成した本を読むと、同時代人の特色をとらえる習慣が、この土地に長く続いていること、それぞれの小学校別にあだ名のつけかたのレヴェルがちがうごとくである。

加藤周一がイギリスからアメリカにきた司書に、イギリスの伝記のすぐれていることにふれると、「歴史というものは伝記です」という答えが彼女から返ってきたという。こういう共通感覚が、イギリスにはあるのだろう。

伝記を小伝に、小伝をあだ名に煮つめてゆくと、人間認識が蒸留されて、老人用の記憶に貯えられる。私は今でも、自分の小学校の級友四十二名をあだ名でおぼえている。

オーブリーから引く。長生きしたトマス・ホッブズは、寝室に引き取ると、部屋の鍵をかけて、歌をうたうのを常とした。健康のためにしたことなので、本人以外、誰もその歌をきいたことがないという。

そのホッブズはイギリス革命の動乱の中で、終生はなれない恐怖とともに生まれた双子だった。ホッブズ『リヴァイアサン』を読むと、自分一個の生命を保つためならば、各個人はなにをしてもいいという強い個人的な思いにその文体が支えられているのを感じる。彼が専制的支配を許すのは、そのような各個人の生命を守りたいためで、ホッブズをひっくりかえしたルソーのほうが全体主義に近い。

私が日本に戻ってきて大学に就職してから、ホッブズ、ルソー、マルクス、レーニンと段階的に進歩してゆくことが共同研究各人の前提となっているのに当惑した。伝記には、歴史から落ちこぼれる部分があるのではないか。

弔　辞

吉本隆明の『追悼私記』（JICC出版局、一九九三年）を読んで、「あとがき」の一節が心にのこった。

「ただ依頼があっても、そんな気もないのにいやいや書いたことは、一度もなかった。」

特に「三島由紀夫」（一九七一年二月）には、こうある。

「知行が一致するのは動物だけだ。人間も動物だが、知行の不可避的な矛盾から、はじめて人間的意識は発生した。そこで人間は動物でありながら人間と呼ばれるものになった。〈知〉は行動の一様式である。これは手や足を動かして行動するのと、まさしくおなじ意味で行動であるということを徹底してかんがえるべきである。つまらぬ哲学はつまらぬ行動を帰結する。なにが陽明学だ。なにが理論と実践の弁証法的統一だ。（中略)こういう哲学にふりまわされたものが、権力を獲得したとき、なにをするかは、世界史的に証明済みである。こういう哲学の内部では、人間は自ら動物になるか、他者を動物に仕立てるために、強圧を加えるようになるか、のいずれかである。」

三島の自死に際して、同時代に発表されたものとして、すぐれた文章と思う。

三島の自死のとき、テレビで見た学生が私に、そのことをしらせてきた。私はすぐに、五歳児をつれて家を出て、近くの北野天満宮に出かけた。新聞から電話で感想を求められるのを、避けたかった。ちょうど、北野天満宮は縁日で、そこで団子を買って食べた。ここで、三島についての感想を求める人には、出会わない。彼にたいする私の不意の表現は、うろたえである。

今もって私には、三島について感想をまとめにくい。敗戦後、「春子」などの作品に私はひかれた。やがて六〇年安保のデモのすぐあとに書いた「喜びの琴」にも共感をもった。右・左どちらかの感情の中に心を置かず、政治の中にあらわれる形を見る警官の造型。

著者三島のおこした政治行動にはついてゆけない。だが、彼が自分をほろぼすしかたには、自分を超える姿勢が見える。自分を超えるその形を、私は、軽く見ることはできない。

しかし、そういうことを、電話口で新聞記者に言ってもしかたがない。当日、私は三島の死について何事も言わなかった。

三十年余りたった今も、三島由紀夫への追悼の心はある。同時に、彼の政治思想にたいする金芝河ののしりをしりぞけることはできない。私には、今も、三島自死のしらせを聞いたときのうろたえがのこっている。

追悼の言葉は日常の言葉とかわらない。まにあわないことがある。

知られない努力

校長先生のことをおぼえている。七十年たってもおぼえているのは、めずらしいと思う。旧東京市を横切り、電車を乗りついで小学校に達するのが、一年生には苦しかった。他にもそういう一年生がいるらしく、朝礼のときに、ばたん、ばたんと倒れる気配がする日もあった。

校長先生の話は、みじかかった。

「今日は天気がいいね。」
それだけ言って、壇から降りてしまうこともあった。全校生徒八百人を前にして、それだけ言って終わるのは、今、私が老人になってみると、めずらしいことだと思う。高い位置に昇ったことのある人は、引退してからも、話が長い。結婚披露宴などに呼ばれて、話のとまらない人は、高い位置に昇ったことのある人だ。

校長先生は、雨の日に校内の廊下などですれちがうと、「〇〇君、元気か」などと呼びかけてくる。一年生それぞれに、そうだった。

一年生は、全校生徒八百人の中にはじめて入ると、恐怖をいつももっている。愉快とは言えない。朝礼のときの他にも、校長先生はときどき、話をすることがあった。そのときには、すこし長めで、その話を七つ八つ、今もおぼえている。

当時、先生は初老で、今、私が八十二歳になって考えてみると、新入生の名前をおぼえるのに努力が必要だっただろう。おそらく、新入生の写真と名前をあわせておぼえるように、自分なりの練習をしたにちがいない。そして名簿を読み上げるのとちがって、偶然に出会うときに心から湧き出るように、その名を呼んだ。

十年あまりたって、私はアメリカの捕虜収容所にいた。便所掃除のコツを教える、白いひげの上杉さんという老人がいた。私が当番にあたったとき、上杉さんは私に、「君は高等師範の附属小学校だろう」とたずねた。「そうです。」すると、「君たちの小学校の校長先生が、会いたいと言うので、ジョン・デューイのところにつれていったことがあるよ。」

そうか。朝礼の訓辞がみじかかったのは、デューイから来たのか。すれちがったときに、一対一で、生徒の名前を呼ぶというのも、デューイから来ているのか。

明治に入って、プラグマティズムは、ウィリアム・ジェイムズを通して三人の知識人に深い影響をあたえた。夏目漱石、西田幾多郎、柳宗悦。その後、日本の哲学者のあいだでは、消えてしまった。だが、大学の哲学教授から遠く離れて、佐々木秀一という小学校校長の教育の中に、これはジェイムズではなく、デューイを通してだが、プラグマティズムは生きていた。

あだ名

十九歳のとき、アメリカにいて、日米開戦を迎えた。

屋根裏部屋にひとりで暮らし、大学にかよったが、自分の未来の見通しはたたない。

そのうちに、腹に破裂のような感じが起こり、よく見ると、できものだが、それは膿を持った腫れもの特有の痛みではない。何が起こったか、わからなかった。

しかたなく、医学部の付属病院に行くと、ヘルペスだと言われた。医者は、療法はないと言って、のむかたちのモルヒネをくれた。これをのんで痛みをおさえる。しばらくすればなおるだろう、再発はしない、という。ここでヘルペスについてきいたことの多くは、まちがっていた。一九四二年、そのときの医学知識の段階は、こうだった。

学校は、一日くらい休んだか。一対一のセミナーがあるきりで、半年後に卒業ということになっていた。ハーヴァード大学のただひとりの日本人学生だった。

開戦のつぎの年の冬だった。三階にある下宿から外を見ると、いつも雪があり、スピノザの『エチカ』の、存在として考えれば存在、意識として考えれば意識としての自分が、そこにあると感じた。

寝たまま本を読み、ねむくなるとそのまま寝た。まれに、書くことを思いつくと、机に向かって、論文のつづきを書いた。

ねむれないとき、小学校の友だちのことを思い浮かべた。私は小学校にまるごと六年いた。同級生は、四十二人、男二十一人、女二十一人で、卒業まで組替えなしだった。同級生ひとりひとりの苗字と名前と顔かたちが浮かんできた。ここは戦争相手国のアメリカだから、これは、私なりに私の葬式の儀式であった。

その前の年から、私は、喀血するようになっていた。一週間おきにそれがおこり、しかし、学校には言わないことにした。すでに、日米の国交は断たれていて、日本に帰りようはない。学校に申し出れば、休学ということになり、それでは、五カ月後に控えている卒業は、できなくなる。卒業延期になれば、新しい一年を支える金はない。

平安があった。それは、『エチカ』の著者が肺結核を患っていたときの平安に通じるように思えた。

そのとき、ひとりひとり、思いだせる同級生の苗字と名前とともに、ひとりひとりのあだ名が浮かんできた。そのいくつかは、私がつけたあだ名だった。それほどに、私は組の中での悪党だった。下宿の部屋代が一週間に七ドルだったことを、おぼえている。

反動の思想

自分が死んだあとの現実は想像しにくいが、戦争中にはそれを想像することが、日常生活の一部分だった。私は、自分の仕事がひとりで短波放送をきくことだったので、どういう状態で自分が死ぬか、それは戦争のどのへんでおこり、そのあと戦争はどうなるかを考える時が多くあった。

予想を書いて、ときどき取りだして眺めた。日本の軍隊の中にいたから、人に見られると困るので、「Prognostical Documents」(診断所見)という袋をつくって、その中に入れた。

アッツ島の終わりは、米軍側の放送では、生存者はわずかだった。マキン島・タラワ島の終わりには、生存者の数は少し増した。サイパン島では大幅に増えた。私のいるところは、敵に面しているという点では最前線だが、大きい島で現地人の人口は多く、そこにいる日本軍も多い。玉砕ということになるとして、どのような形でそれはおきるか。自分をふくめた玉砕を考えることは、予想するのがむずかしい。

まわりの人びとが死を決している中で、自分が生きる道を見つけるのは、私にはむずかしい。仲間から離れて、ひとりで静かに死ぬ方法を見つけたいと思った。

自分の死んだあとも、玉砕の波は続くだろう。どこで止まるか。そしてさらにそのあとに日本にできる政権に、期待をいだくことも私にはなかった。

生きのびようと強く願っているわけではないので、読む本も、元気になるものを選ぶ必要はなかった。街に出ると、オランダ人が手放した本が揃いで安く手に入った。学生だったころには、自分のものとして揃えることさえ考えられなかったカント全集、ショーペンハウエル全集、ストリンドベリ全集、テオフィル・ゴーティエ全集まで。

哲学学生としての評価ではなく、そのときの自分の自然から、私には、ショーペンハウエルの随筆とストリンドベリの戯曲が身近だった。カントではなく、ストア派の著作を素直に読めた。そしてマルクス・アウレリウスとエピクテトス。

詩集では、ウィルフレッド・オウエンの『不思議な出会い』『認識票に』。チャールズ・ソーリーの『着流しの走り手』。どれも、死んでいるものとして自分を見る二十歳そこそこの気分だった。どの本も、海賊版を古本屋で手に入れた。

この戦争に生き残って祖国再建の担い手になる、などということは念頭に浮かばなかった。

何年もたって、丸山真男の「反動の概念」(一九五七年)を読んだとき、急進、進歩、保守、反動と分類すれば、私は反動に属すると悟った。丸山真男の思想区分では、対人反動はともかく、反動の観念は必ずしも悪ではなかったが。

先祖さがし

名前は、親の希望をあらわす。苗字のほうはそうはゆかない。系図書きがいて、お金を出せばつくってくれることも、混乱の時代には許されたが。

日吉丸―藤吉郎―秀吉と、名を変えた秀吉は、思うままに系図をつくらせるだけの力を持って、ついに豊臣秀吉になり、平家の末と名乗っても通るようになった。三百年くだって明治に入り、最初の首相となった伊藤博文は、青年時代の俊輔から博文になった。英国では、ディズレイリーがビーコンズフィールド卿になるように、貴族名をもらうと青年期の名前を変える。これは、成年になるまでの犯罪をかくすためだと、左翼歴史家は皮肉を言う。

これよりもっと壮大な系図を考えるのはトーテム・ポールで、自分を何かの動物部族の末として、地球の上に位置づける。

宇宙史の中で、動物、植物、鉱物のどれかの系統に自分を位置づける方法もあり、ことさらにその血を引いているなどと考えるまでもなく、その何かの友だちとして自分を置く方法もある。

俳諧歳時記は、その方法で、何かのそばに自分を置いてみるという、さりげない身ぶりと言える。そういう想像力の動きの中に自分を置くということだろう。

イギリスの詩人ハーバート・リード(一八九三―一九六八)には、『緑の子』(一九三五年)というただ一つの小説があって、主人公は南米にゆき、革命に成功して、一国の頭領となるが、政権維持の雑務にいやけがさして、クーデターを仕組み、自動車の爆発で死亡したということにして脱出し、ひとりでイギリスに戻ってくる。

もとの家系は死に絶え、知人もなく、故郷を歩いているうちに、女を殴っている男に出逢い、女を助けて、彼女の導くままに川の中に入ると、川底に別の世界があった。そこのしきたりに従って暮らすうちに老年に達し、引退を申し出ると、長老に、クモかトカゲを選ぶように言われて、クモを選び、洞窟にこもる。

長老によると、心は自分以外のものを見ていないと、正気を失うということで、それからクモを友として暮らし、やがて息絶える。毎日、わずかの水と食物がとどけられているが、当人の死を見とどけたところで、その配達は終わる。

これは『夜と霧』にある話だが、アウシュヴィッツの強制収容所に閉じこめられたフランクルは、おなじ仲間の老女がいきいきと毎日をすごしているので、どうしてかとたずねた。すると、彼女は道に見える一本の樹を指さして、「あの木が私だ」と言う。系図屋にお金を出して古代の名家の末に自分を置くのとは、かけ離れた境地である。

親しくなる友人

小学校の同級生、上級生、下級生、顔を見て誰とわかる人は八百人以上いた。その後八十年以上生きて、小学校を卒業してから一度会ったきりだが、親しくなる人がいる。最近、遺稿『中井英夫戦中日記――彼方より』の完全版が河出書房新社から出版された（二〇〇五年）。中井は今生きていれば八十三歳で私と同い年だが、彼よりもはるかに若い川崎賢子と本多正一の解説を得て、日本の現在によみがえった。

学徒兵として一九四三年に召集されて、三宅坂の参謀本部に行き、戦争を呪う日記を書きつづけた。このことが中心なのだが、私の注目したのは、川崎賢子の解説に引かれている次のところだ。

「これも一例だが、水戸の航空通信学校にいた同期の一人は、天佑ヲ保有シとかいう「大東亜戦争開始ニ関スル勅語」を暗唱させられたあと上官がいなくなると、あゝあ、早く「大東亜戦争終結ニ関スル勅語」を読みてえななどと感想を洩らしていたが、学徒兵の間ではそんな不謹慎な言辞も当り前のことで、誰も咎めだてする者はなかった。ところが数年前その彼に再会してそれをいうと「オレはあの戦争でりっぱに死ぬつもりだったんだから、そんなことをいうわけはない」と、頑なに首をふって私をおどろかせた。二十五年の歳月はいつか建て前と本音とをすり変え、彼は自分で時の指導者の望んだとおりの理想像を自分に課したらしいが、それよりもすべては私の幻聴としておいたほうが収まりはいいにきまっている。この本はそういう私の幻視と幻聴の記録であり、先に記したように憎しみだけがそれを支えた。」(一九七四年執筆)

この文章に出会って、私は、戦中の軍国時代の言論とおなじく、戦後の民主主義時代の言論も、国民の意見をなめす力をもっているということを発見する。特に、大学出の知識人は、当時では平均十八年間も学校で教師にならえという習慣がついているので、学校をはなれたあとも、なめす働きに対し弱い。中井個人は戦中と戦後と、憎しみによって、なめす力に対抗した。

ちょうど『中井英夫戦中日記』とともに到着した同人雑誌『ヴァイキング』(六五四号)で次の文章に出会った。

「思うに今は「転向」とか「転向者」という言葉そのものが無意味になっている時代ではないだろうか。わたしがマスメディアを通じて知っている限りでも、敗戦後サヨクと思われていた人物も喜々として天皇から勲章を貰う時代になっている。

そういうわたしはどうか。」(大倉徹也「ふたたび『昭和遊撃隊』のこと、など」)

大学とは、私の定義によれば、個人を時代のレヴェルになめす働きを担う機関である。

夏休みが終わって

日本の知識人は記憶が短い。このことは、明治以来の学校制度と結びつく。

明治六年に全国ではじまった学校制度は、

① 先生が問題を出す、

② その正しい答えとは先生の出す答えだ、

という前提にたっており、生徒自身がそれぞれ六歳までに知っていることの中から自分で問題をつくり、答えを出すという習慣は除外される。

もし大学まで進むとして、十八年、自分で問題をつくることなく過ぎると、問題とは与えられるもの、その答えは先生が知っているもの、という習慣が日本の知識人の性格となる。今は先生は米国。

しかも先生は一学年ごとにかわる。ということは、中学校、高等学校、大学と、そこで新しく出会う先生の答えをいちはやく察知して答案を書くことが、知識人の習慣となる。こうして、転向を不思議としないことが、明治以来の日本の知識人の性格の一部となる。教師も、明治以前の寺子屋の気風を受けつぐ時代から離れて、大学教育学部養成の教師たちになると、知識人共通の性格から自由ではない。

一九四五年の夏休みを終えて、新学期に、生徒と久しぶりに対面した教師たちは、全国各地の小学校、中学校、高等学校、大学で、いくらかばつの悪い経験をした。夏休み前の自分の続けてきた話と続きにくい話を、ここでしなければならないからだった。

このとき、教師のうしろに光背があった。この時代的転向体験の中から、無着成恭は現れたのだと思う。その時の光背を失わずに、点数によって人を見ない運動を続けている人は、現代の中で私の知る限り、当時の小学校教師、現在の禅宗僧侶、無着成恭である。こうした姿勢を日本の教師は、小・中・高・大を通して失った。無着成恭が僧侶になったのは、今の日本の学校に彼のいる場所がないからだ。

「君が代」を式の時に歌う。敗戦後これを再開した時には、強制はしないと言ったのだが、今では、「君が代」斉唱の時に立たない教師を証拠として写真に撮っておき、戒告するという。

日本の大学は、日本の国家ができてから国家がつくったもので、国家が決めたことを正当化する傾向を共有し、世界各国の大学もまたそのようにつくられて、世界の知識人は日本とおなじ性格をもつ、と信じている。しかし、そうではない。若い国家であるアメリカ合衆国においても、ハーヴァード大学は一六三六年創立、アメリカ合衆国の建国は一七七六年で、そのあいだのしばらくの年月は、米国の知識人の性格に影響を与えてきた。イラク戦争以後あやしくなり、日本に近くなってきたが、これから百年、アメリカの大学が日本の大学に近づき続けるという予測に、アメリカ育ちの私は賭けたくはない。

自著自注

〈もうろく帖〉を書きはじめた。出典を記さず、自作他作の区別なく、目についたことを書きとめておく。もの忘れを自覚したときからだが、それから十二年たった。

〈もうろく帖〉を読みなおして、自分で注を書いてみる。

「ふとわが名忘れし老母はわが面《おも》をじっと見やがて大笑いする」(飯塚哲夫)

この老母のほがらかさを共有したい。言葉が絶え、そこに言葉でとらえられないものが残る。

「私のいるところには、今の私だけしか立てない。この場所を、知らない誰かにゆずって去るという決断をすることはできるが。」

「自分という存在の形になじむか？　なじまないか？　それが私の哲学の問題だ。」

「自分のなかに立つこと。そのことが、自分の他に、示唆を与えるかもしれないというささやかな賭けだ。」

そう私は思ってきた。だが、もうろくの中で、それとは別の風景が浮かんできた。

「家の近くに、よだれかけをかけた地蔵さんが数基立っている。長い年月に壊れて、表情はなくなり、のっぺらぼうだ。そのように、私も自分を失い、のっぺらぼうとして、他の私とまざって、野の隅に立つ日がくる。」

これよりも現代の社会によくなじんでいると思うのは、草野比佐男『老いて蹌踉』(同時代社、二〇〇一年)で見つけた次の一首。

「わが臓器他人の中に安らがば君が代なども歌ひ出さむか」

そのとき私も君が代を歌い出すかもしれない。

それにしても、戦争の記憶は、もうろくの中に埋もれた熾火《おき》として、今も私をひそかにあたためている。

「私は発狂してもい丶筈だ。私は青穹を何時間も眺めてゐてい丶筈だ。何をしてもい丶筈だ。本能がさう要求してゐる。だのに、私は飼ひ慣らされてしまつたのだ。」

(藤川正夫『世紀をへだてて』二〇〇二年)

戦没した弟のこの手記を復刻した姉は、「これは私から弟への贈り物です」と書く。

「なまず売りに行った売り子が呼び名を忘れ、〝ヒゲのはえた旦那の魚はいりまへんかいな〟、軍属としてジャワにいたとき、こうきいた。六十年後の今、その状況に近づいている。思いだせなくなるのは、まず人名、次に地名。観念の形は、思いだしやすいが、今後はいかに?」

もうろく十二年後の第四冊は、これで終わっている。

内部に住みつく外部

同時代の歴史の中で、あなたは、なにをおぼえているか。

母親に家の前のどぶに入っているように言われた二歳児は、どぶの中にしゃがんで、米軍機の空襲下に自分の家が燃えるのを見ていた。その彼は、自分の見た景色を大人になっても忘れなかった。そういう強い記憶を、私は一、二歳のころにもっていない。

十三歳のとき二・二六事件がおこった。それはおそろしい経験だった。それから七十年。二・二六事件についてのいろいろな報道を読んだが、自分の経験の元にある、これは悪いという感情は動かない。

同じく十三歳のとき、阿部定の男根切り取り事件がおこった。新聞報道があってからしばらく、彼女は行方がわからなかった。私は中学校一年生だったので、暗くなって帰宅するとき、阿部定が電信柱の後ろにかくれていて、襲いかかってくるような気がして怖かった。まもなくつかまった。そのあと、おそろしいという感情とともに、この人のしたことは悪くはないという判断がおこり、これは自分の中に定着した。

二・二六事件と阿部定事件とは、自分の中に残った二つの歴史上の事件であり、くりかえし別の歴史状況の中で、互いに角逐し、変奏された。

日米戦争の中で、私は、ジャワの海軍武官府に軍属として勤めた。仕事は、ドイツ語の通訳と英語の翻訳だったが、自分の心中に住みついた二・二六事件と阿部定事件が、フーガのように動きつづけた。State vs. sex(国家対性)という定式が自分の中に生まれた。国が管理する性の制度に賛成して、それに沿って自分が動くのではなく、これとちがう方向に自分なりに空想を養うことが、海軍の内部にあって私の生きる方法となった。

ほとんど利用する人もいないバタヴィア図書館に休みの時間に通って、ハヴェロック・

エリス、クラフト＝エビング、マリノフスキー、ウェステルマルク、カール・マンハイムを読んだ。これらの知識を分類し整序する役割を、state vs. sex という公式が果たした。この分類整序の方法は、敗戦後も私の中で続いた。

武官府の仕事は、夜、短波放送をきいて、朝になってから、四、五枚の小さい新聞をつくることだった。大本営発表によって前線は方針をたてることはできない。敵側の読んでいる新聞と同じものをつくれ、ということだった。

どうして大本営発表の虚報があらわれるのか、自分の新聞をつくっていて、私には、その手がかりさえつかめなかった。

当時から六十年たって、辻泰明・NHK取材班『幻の大戦果——大本営発表の真相』（日本放送出版協会、二〇〇二年）で、私は虚報のつくられ方についてはじめてしっかりと知ることができた。虚報は、つくろうとしてつくられたものだった。

悲しい結末

つい近頃、広沢虎造の「石松金比羅代参」がおもしろいという人に出会った。船上の会話で、清水次郎長の子分のことが話題になるが、自分の名がなかなか出てこない。寿司をすすめながら、もどかしがるところがおもしろいという。悲惨な最期を迎える前の、人生の明るいひとこまである。

虎造節がラジオでよろこばれた時代は、昭和のはじめで、それからもう七十年はたっている。この人は、戦後になってから、父親が所蔵するレコードできいたそうだ。

立川文庫の「真田十勇士」は、晩年の埴谷雄高の心棒をつくっていた。埴谷は、二十世紀の名作として、第一にプルーストの『失われた時を求めて』、そして続く二、三、四がなくて、五にジョイスの『ユリシーズ』をあげたが、その列と平行して、彼の心の深いところに立川文庫があった。

私にも、子どものころにくりかえし読んだ本がある。宮尾しげをの『団子串助漫遊記』がそれだ。『流れのほとり』(福音館書店、一九七六年)の著者で、私より一歳下の神沢利子は、子どものころ同じ作者の『軽飛軽助』を愛読し、その戦記の語り、「ギリガン、ギリガン、ギリガンガン」と口に出して唱えると、元気が出たそうだ。

子どものころのくりかえし読み、少年のころからの早読み、老年になってからのおそ読みと思い出し読み。八十歳を越えて振り返ると、早読みした本の記憶は失われて、くりかえし読みとおそ読みの本は残る。くりかえし読みをした本を、何十年もへだててさらに思い出してみて、それでもおもしろいものは、やはりおもしろい。

私が二歳から三歳のころ、英語の絵本が家にあって、それを親に読みきかせてもらったことはなかったが、絵から筋を想像できた。『しょうがパン人間 *Gingerbread Man*』という本だった。

老人夫婦が、小麦粉をこねて、子どもの形のパンを焼いた。その子どもは家からかけだして、囲いを越えて出ていく。そのあとはよく見なかった。おそろしい絵が出てくるので、こわくてわざと忘れたのだろう。

何十年かたって、『おだんごぱん』(せたていじ、福音館書店、一九六六年)という日本語の本を自分の子に朗読してやって、そのときはじめて、しょうがパンの末路を知った。しょうがパンの子どもは、せっかく自由になって野山をかけまわったあと、狐に食べられてしまうのだった。

私としては、家を離れて、野山を自由にかけまわるところに心をひかれて、悲しい結末は見たくなかったから、見なかったらしい。八十年たって民話のあらすじを知ってながめると、自分の生涯がこの物語にすっぽり入っているようにも見える。

四　使わなかった言葉

言葉は使いよう

専門の英文学者になるためには、オックスフォード英語辞典(OED)を、労を惜しまずに引け、という戒めをきいたことがある。そういう努力を続けている人は今もいるだろう。私は、何十巻ものOEDを圧縮した中辞典はもっていて、たまに引くことはあるが、今ではそれをさらに圧縮した袖珍版のオックスフォード小辞典を引くばかりだ。これなら国外に出かけるときにも、ポケットに入れてもっていることができるし、この字引に出ていない言葉は、もう使わなくてよい、と思う。他の言葉は記憶の底に眠っているとしても、もはや揺り起こして使うことはない。

十五歳から十九歳まで、私は英語を使って暮らしたが、年中、大学内と大学周辺にいたので、生まれたときから英語をきいて育ったものではない。そのため、身近な言葉はむしろ苦手である。袖珍版オックスフォード辞典は、私の英語に欠けているところをおぎなう役割を果たす。幼児語と接触したことはないが、もうろく語として、今、この袖珍版辞典を使って、新しく英語を学びなおしている。

もうろくの段階に入ると、重点は、単語よりも、その組み合わせ方と使い方に移る。

驚いたのは、今から三十年前の、一九七三年夏、韓国に行ったときのこと。当時、死刑を宣告され、それが取り消されないまま、病院で軟禁状態にある詩人金芝河に会いに行った。同行三人。その中の女子学生(金井和子)が恐れを知らぬ人で、そんな患者はいないと守衛が言っているのに、どんどん病院に入っていって、金芝河と連れだって出てきた。警備当局は最後まで姿を見せず、最後には守衛に伝えて、金芝河を病院内でわれわれに会わせることを許した。

病室に行くと、お互いに共通の言語をもっていないことにあらためて気づいた。私は英語で、たくさんの国の詩人や学者が、あなたが死刑にならないようにという署名をした、それをここにもってきた、と言った。すると彼は、ゆっくりと、

"Your movement cannot help me. But I will add my name to it to help your movement."(あなた方の運動が私を助けることはできない。しかし、あなた方の運動を助け

るために、私の名をそこに加えよう）
と言った。
もし彼の立場に私がいて、見知らぬ外国人が突然に入ってきて、助命のための署名簿を示したとすれば、おそらく私は、ありがとうと言うだけではなかったか。中学生も知っている英語の言葉をつなぎ合わせて、自分をおとしめることなく、自分の答えを彼は述べた。
言葉は使い方にある。

人語を越える夢

イギリスの作家W・H・ハドソン（一八四一―一九二二）の伝記を読んだ。あるとき蛇を殺さないと決めてから森にはいると、別の風景がひらけた、と書いてあった。イギリスの森だからできることで、毒蛇の住む地方だったら、むずかしいだろう。

中野重治の自伝小説に、主人公の祖父が、足を蛇に巻きつかれても、あわてずに古歌をとなえ、そのうちに蛇はするすると輪を解いて森の中に消えてゆくところがあった。蛇が和歌を理解していたわけではなかろう。あわてないで立っている人の姿勢が、蛇に働きかけたのだろう。

ハドソンに戻ると、自伝『はるかな国　とおい昔』(寿岳しづ訳、岩波文庫、一九三七年)を、戦争中、古在由重は獄中で愛読した。これが寿岳文章夫妻と古在との文通の糸口となり、獄中における反戦の志の交流を仲立ちした。

農業学校から関西学院大学に入学した庄野英二(一九一五—九三)は、入学した直後から、ハドソン自伝を英書講読する寿岳文章教授の語り口に魅せられ、ハドソンの文学に入ってゆく。その影響は、庄野がやがて陸軍大尉としてジャワに滞在したあいだも、彼の中に続き、戦時中の彼の姿勢を支えた。戦後になって庄野英二の書いた『星の牧場』(理論社、一九六三年)は、彼の戦中の思いを今日に伝える。

『緑の館』が、私にとってハドソンのはじまりだった。主人公のリマは、南米の山中に住み、鳥のようなさえずりで森の動物とともに暮らす。ずるい人間のおじいさんには心をひらかない。奥地に迷いこんだ青年アベルと親しくなるが、彼のいないあいだに、人間に追いつめられて焼き殺される。

カタコトの人語しか話せないリマは、アルゼンチンの平野で育ち、後にイギリスに住んだ著者を思わせる。著者ハドソンの心の底には、自分の今のなりわいとなった英語、若いころに親しんだスペイン語を越えて、その向こうに、鳥たちのささやきかわす、もうひとつの言語の姿があった。

一九〇四年の出版当時、『緑の館』は熱狂をもってイギリス大衆に迎えられ、ハイドパークには主人公リマの銅像が建てられた。それから半世紀たって、オードリー・ヘップバーン主演で映画もつくられた。映画も、銅像も、今は忘れられている。

しかし、人間が自分の狭さに気づくにつれて、人間という種を越えた、生物のつきあいの理想が、人の心の底にあらわれることがある。

カナダで暮らしているころ、大停電に見舞われたことがあった。次の日の新聞に、植物(天井からつるす盆栽)があるかぎり、私は淋しいことはありません、という老女の感想があった。

誇りという言葉

知っているけれど、わざと使わない言葉がある。

八十年あまり生きて、これまで使わなかったのだから、あと使いそうもない言葉もある。

それらは、しかし、心の底にたまっていて、他の言葉を選ぶときにも、働いている。

十七歳から十九歳まで、私は米国マサチューセッツ州ケムブリッジ市のヤングさん一家の下宿人だった。女主人は離婚していて、三人の子ども、実母、それに下宿人の私をいれると六人世帯で、三室のアパートに暮らした。

女主人のマリアンは、「あなたを誇りに思う」(I am proud of you.)と私に言うことがよくあった。私は子どものときから、そういう言いまわしに会ったことがない。おどろいた。生まれた家から遠く離れて、日常生活を共にしている年長者から、誇りに思うと言われて、その言葉を裏切りたくなかった。

二十歳以後、日本に帰ってからの長い年月、「あなたを誇りに思う」などと私に向かって言う人はいなかったし、私から他人に向かって言ったこともない。記憶にない。でも、そう言いたいと思うことはあった。

小学校一年生のときからつきあいの絶えることのなかった永井道雄が、三木内閣の閣僚になり、やがて、三木おろしにあって三木武夫が総理の座から降りると、永井道雄はただちに辞職してもとの朝日新聞に戻った。そのとき、君を誇りとする、という言葉が私の心に浮かんだ。しかし、それを彼に伝えることはなかった。私の日本語には、その言いまわしはない。

もう一度は、松本サリン事件で最初に容疑者とされた河野義行が、自分の無実を警察に対して主張し、自分の妻がサリンのために昏睡状態となり、その状態の続く中で、オウム真理教団に対して破防法が適用されることに反対したとき。こういう人が日本人の中にいることを、おなじ日本人として誇りに思った。河野義行には会ったこともなく、この言葉を伝えることもなく過ぎた(その後会ったことがある――追記)。

イラクに行って戦争下のイラク人への支援をした日本人三人が、イラク人の人質になったとき、日本の内閣と与党から、「自己責任」という言葉が出て、やがて「反日分子」という言葉まで、国会議員が使うようになった。米国の国務長官だったパウエルは、こういう人が日本人の中から現れることが、あなたがたの誇りである、こういう人が社会を前に進めるのだ、と言った。

私にとって、この言葉は、今も、自分の手の届かないところにあると感じた。

金鶴泳「凍える口」と日本

すべて人間として生まれた者は、差別の対象とされてはならない。これは、憲法起草委員会に最年少の委員として加わった二十二歳のベアテ・シロタが書いた草案である。この草案は、日本国憲法の最終案には活かされていない。この欠落は、日本の戦後史に残ったさまざまの差別を温存させ、また加速させた。

占領軍司令部の一員として加わっていたエドワード・ワグナーは、『日本における朝鮮少数民族』という小冊子の中で、ワシントンの米国中央政府から、在日朝鮮人居住者の扱いについて、指令はこなかったと言う。そのために、在日朝鮮人に対する日本政府役人の扱いは、戦前・戦中とかわらぬものとして、戦後も長く残った。

もともと、ベアテ・シロタは、日米戦争開始前には日本に住んでいて、日本での女性差別、また日本の家族制度の中で嫡出子と非嫡出子のあいだにある差別について、正したいという考えをもっていた。また、ユダヤ人として、二千年あまり前の民族離散以来、ヨーロッパ各地で受けてきた差別についての伝承を内にもっていたことも、この差別反対条項を発案するばねとなっていた。

在日朝鮮人への差別は、明治末からの文学の中で在日朝鮮人によって取り上げられ、日本に住む日本語人口全体に対しては少数派である七十万人という母体から、数多くのすぐれた日本語文学作品を生んだ。その中で、一九三八年に生まれ、戦後日本で活動した金鶴泳《キムハギョン》の「凍える口」(一九六六年)は、吃音に苦しむ主人公の対人関係を描いて、日本語と日本社会を照らしだす。

人は、幸運に恵まれていれば、言葉をおぼえる前に、言葉にならない音としぐさのやりとりをたのしむ楽園の時代をもつ。この作家は、父の家庭内暴力のために、音としぐさのたのしいやりとりの時代に恵まれず、成人してから彼個人が日本社会における成功を収めた後も、父の重圧から逃れることができなかった。
人は、もうろくした後に、ふたたび言葉を失って、音としぐさのやりとりの時代に入るが、それが幸福な環境である場合もあるけれども、この作家は、そのような幸福についに恵まれることなく、四十六歳で死を選んだ。

私は、六十歳のとき、韓国語を学んだ。先生は優秀だったが、生徒が悪かった。この二年ほどの学習の失敗は、私にひとつの財産を残した。それは、自分が、これまで思っていたほどに頭がよくないという認識である。この認識は、おくればせながら、これから残された人生に役にたつ。

もうひとつ、差別される者の側から日本語に対するとき、どう感じられるか。その方向にむかって自分の想像力が働くいとぐちをあたえられた。

夢で出会う言葉

『オックスフォード英語散文選』の新版を手に入れた。前の版は、一九四四年にシンガポールの古本屋で手に入れて、六十年間、その本をくりかえし読んだ。新しい版の巻末は、カズオ・イシグロ。英国で育った日本人の文章が、英語散文選の巻末に置かれている。前の版にはタゴールが入っていて、国の外からきた人の英語を重く見るのは、英語の特色である。

何十年も前に、ロンドンで、社会学者R・P・ドーアの車に乗せてもらっているときに、彼はブライトンの自宅をもったまま、ロンドンにもアパートをもっていることにふれて、「ちょっとぜいたくなんだが」と日本語をまじえて言った。英語圏にいるときには英語で話すという習慣がお互いのあいだに成り立っていて、ここで彼が特に日本語を使ったのに気がついて、「それは英語でなんというの?」とたずねると、彼はしばらく考えて、「ちょっと、思いつかない」という。

自分の暮らし方について、これは少しぜいたくだと自己批評するところ、それは、明治の日本人ゆずりの言葉づかいのように思えた。英語の言葉づかいから彼に伝わったものではない。二〇〇六年現在、この言葉は、日本の外の世界で用いられはじめた「もったいない」という言葉と並んでいる。

先日、池澤夏樹を京都の仲間の集まりに呼ぶことになって、数日前から彼の著作を下読みしていた。ある夜、夢を見た。そこにR・P・ドーアが出てきた。なぜドーアが出てきたのか。

ドーアの日本語はやわらかい。初来日の彼に到着から数日後に会ったとき、彼は吉田松陰の話をした。R・L・スティーヴンソンが世界で最初に松陰の評伝を英語で書いたことからすれば不思議はないが、そのとき、やわらかい日本語だったことが半世紀後も印象に残っている。おそらくそれは、彼が小樽高等商業学校の教授だったダニエルズとその夫人(日本人)から、戦時の英国で日本語を伝授されたことからきている。

ふたたび池澤夏樹に戻ると、彼の日本語が自然科学の知識を駆使しながら、やわらかい印象を与えるのは、彼が、立原道造について定型押韻詩を日本語で実現した母親の原條あき子に、はじめに言葉を教わったからではないか。戦時中の閉ざされた国家の中の、閉ざされた結社の中で使われたマチネ・ポエティークの日本語が、半世紀間熟成されて、今日の日本に再び現れた。そう考えていいのではないか。

私はこれから日本の国外に出ることはないと思うが、日本の生活の脈絡から離れて、日本の外で使われる日本語は、これから増えてゆくにちがいない。私個人にとっては、自分の送っている日常生活の中で使われる日本語と、眠っているあいだに浮かんでくる日本語との絶えざる交替がつづく。

言葉のうしろにある言葉

一九三三年、私が小学校五年生になったとき、受け持ちの川島次郎先生は、自分たちで仲間をつくって活動することをすすめた。私は、読書会というものをつくることを提案した。何か本を読んできて、それについて誰かが発表して、あと、話しあう形をとることを申し出た。そのとき先生は、少し困った顔をした。読書会という名前が困ると言った。どういうふうに決着がついたかは忘れたが、別に、会の名を変えるということもなく終わったように思う。

それから何十年もたって、日本史の脈絡の中で、川島先生の困った表情の背景がわかった。読書会は、英語でRS(リーディング・ソサイエティー)と呼び替えられて、旧制高等学校での共産主義を準備する場となっていた。一九三三年（昭和八年）というのは、そういう時代だった。

前に書いたことがあるが、当時の校長佐々木秀一先生のことにふれる。

東京を横切って集まってくる小学生の中には、一年生など、朝礼のときに倒れる者が出ることがあった。そういう状況に対応して、壇上の校長先生の訓辞は短かった。

「今日はいい天気だね」

それだけで終わることもあった。

「休み時間を見ていると、みなさんの遊びには、戦争の遊びが多すぎる」

またあるときには、

「一年生と三年生のけんかを見たら、私はわけをきかずに、三年生を悪いと思います。」

小学校から離れて、数年たって私はアメリカに渡り、日米開戦のあと、戦争捕虜収容所に入れられた。便所掃除の当番にあたると、指導をする上杉さんという同囚の先輩が、「君は、高等師範の附属小学校にいただろう」と私にきいた。「君のところの小学校の校長が、昔、ニューヨークにきたことがあって、ジョン・デューイに会いたいというので、デューイのところまでつれていった」と言う。

校長の訓辞が短いのは、デューイの教育論に起源をもっていたのか。ブリアンとケロッグの戦争放棄(一九二八年)に共鳴したデューイの平和主義は、校長先生の、戦争の遊びが多すぎるという観察を裏打ちしていた。中国との十五年戦争はすでにはじまっていた。

先生の短い訓辞は手抜きではなく、一年生のとき、廊下でばったり会うと、「○○君、元気かね」と、入りたての子どもを苗字で呼ぶことがしばしばだった。このための下読みを写真と首っ引きでしていたのだろうと、今は思う。それもデューイからきていたように、今は思える。

一九三三年、日本の平和思潮は引き潮であり、その中に校長先生はこういう姿勢をもって生徒の前に立っていた。そのときの生徒の何人かは戦争の中で死んだ。

「もし」が禁じられるとき

勝つつもりで土俵にあがる。それが力士の心意気だろう。力士でなくとも、自分の星を信じて、自分の人生を生きるというのは、明るい人生観をつくる。しかし、一国の人民を、自分の起こした戦争に巻きこみ、必勝の信念をもてと命じるのは、どうだろう。私の育った時代の日本の戦争観は、そうだった。万世一系の天皇をいただく日本が負けるなどということは、考えてはいけないことになっていて、それが、日本の学校教育の一部だった。日露戦争前夜、京都の山県有朋の別邸「無鄰菴」に集まった政府幹部は、その型にはまってはいなかった。ロシアに対して戦端を開き、負けることになったらどれほどの不運を国民に負わせるかを、心の外に追放することはできなかった。結論として、あるところまで戦争をもってゆくことはできる。そのとき、戦場から自分が信号を出す。それに応じて、どのような条件であっても、講和に踏み切ってほしい。これは派遣軍総参謀長となる児玉源太郎の意見だった。伊藤博文ら重臣、総理大臣桂太郎、外務大臣小村寿太郎に異論はない。

こうして一九〇五年、シオドア・ローズヴェルトの斡旋を得て、もともと日露戦争に反対だったウィッテ伯爵を向こうにまわして、日本の全権小村寿太郎が、大きな譲歩をして講和条約を結んだ。国民に不満はあり、日比谷焼き打ちの抗議があった。譲歩をしてはいけない、それよりはもっと戦い続けるという勢いだった。しかし、戦争を続ければ、日本は負けただろう。どれほどのものを失ったかわからない。

日露戦争直後、児玉は死に、小村も死に、勝ったという幻は、国民のあいだに残り、後を引き継いだ歴代の指導者のあいだに、大正、昭和を通じて残った。

こうして、昭和の十五年戦争下の必勝の精神がつくられ、国民は、もし負けたらという条件を想像することを禁じられた。国民全体として社会科学を自国に適用することを禁じられた。国家が最高の権力をもち、真理の基準を定めるならば、当然に国民は、「もし」という条件的思考を禁じられる。

一九四五年、日本敗戦のときに、同級生の米国人が占領軍の一員として、大学の卒業生名簿をたよりに私を訪ねてきた。

「これから米国は全体主義国家になる」

と彼は言う。まさかと、そのとき私は思った。二〇〇一年九月十一日、同時多発テロのあと、ブッシュ大統領がテレビに現れて、我々は十字軍だ、と言ったとき、私は、彼、リーバーマンの予測が六十年を経てあたったことを感じた。果たして、アメリカ合衆国は、

「もし自分の国が負けたら」という条件命題を、国論の中から減らしはじめた。

自分の中の知らない言葉

オボラ、チョオ、パ、ヤニ、シ、ナーマーガマ、オ、デー、カー、ノ。

（ヴァジニア・ハミルトン『偉大なるM・C』橋本福夫訳、岩波書店、一九八〇年）

この著者はもうなくなった。この人が日本に来たとき、あなたはこういう言葉をもっているのか、とたずねると、もっていると答えた。アフリカのどこの部族の言葉かわからない。何世紀も前に米国につれてこられて奴隷にされ、その中で、このような言葉だけが彼女の中に残っている。この呪文のような節回しのある言葉は、小説の主人公に、自分一人で生きる力を与える。

意味を探りあてることのできない言葉が自分の底に残っていて、自分に活力を与えるということはあるだろう。私には、日本語を使わなかった期間があるために、日本語がぼんやり遠く感じられることがある。日本語の中に戻ってきたのが戦争中で、軍隊の中で日本語がわかるふりをしていたためにかえってわからないという感じが深まった。

日本語を書くことは苦痛だった。子どものころその中にいた関係に戻ることはむずかしく、日本語を書いて暮らすようになってからも、長く日本語になじめなかった。

私にはうつ病も手伝っているかもしれない。うつ病がおこると字が書けなくなり、言語から自分が隔てられる。むこうに別の言語があるような気がするが、それを手にとって使うことはできない。それはハミルトンのように、失われたアフリカの呪文ではないが、失われたもうひとつの言語の記憶だろう。すべての人は移民であると、かつて自分も移民だった翁久允《おきなきゅういん》は言った。

東京生まれ東京育ちの私が使う標準語は、東京という土地から生え出た言葉ではなく、大正期の小学校でつくられた言葉である。それよりさらにさかのぼることは私にはできない。現代世界のさまざまなところで、自分の故郷にもどる手がかりを失った感じを人はもっているのだろう。

池澤夏樹の『ハワイイ紀行』(新潮社、一九九六年)は、観光旅行の本ではない。日本がハワイのように感じられる想像への入口である。この本を手がかりに、おなじく太平洋上の島にある文化として日本を見ることができる。ハワイのそれぞれの島に伝わる古代からのフラという踊りに、これからのつきあいの原則を学ぶ修行をハワイの人は見ている。もっと前に、ハヴェロック・エリスの『生の舞踏』(一九二三年)で、そういう洞察に出会ったことがある。

翻訳のすきま

私は、小学校卒業だけで、そのあと十五歳から十九歳の終わりまで英語の中で暮らした。戦争中に交換船で日本に戻ってから、日本語の再学習に苦しんだ。日本語はむずかしい。再学習で間に合わないところは、今も残っている。

池田成彬《しげあき》によると、幕末から明治にかけての日本人には、日本語のむずかしさをさける工夫があった。自分よりもさらに年長の人に「池田ナルヨシ君」と呼びかけられて、自分の名前はナリアキラと読まれることはあるのですが、と言うと、自信をもって読めない漢字はすべて「ヨシ」と読めばいいと教わったそうだ。

池田成彬伝授の工夫に少しばかり助けられてすごしてきたものの、それでも、漢字の読みについて、今も私は失敗することが多い。

『現代日本の思想』(久野収と共著、岩波新書、一九五六年)を出したとき、白樺派を「観念論」としたことで、花田清輝の批判を受けた。理想主義と書くべきところをなぜ観念論などともってまわった言いかたをするのか。

花田の批判は、あたっていた。彼が正しいと思うのだが、つきあいのなかった花田は、私のまちがいの原因を知らない。私は、戦前版の哲学辞典(伊藤吉之助編『岩波 哲学小辞典』岩波書店、増訂版、一九三八年)をもっていて、アイデアリズムという言葉につまずいて、この辞典をひくと、「観念論」と出ていて、この訳語を採用した。中学校、高等学校、大学で同輩、先輩と哲学史について話しあう脈絡からはずれていた結果である。

クワインの翻訳論によると、二つの言語間の翻訳は、それぞれひとつの字引を典拠とする場合には、正確さをもっておこなわれるが、自然言語二つを相互に翻訳する場合には、おなじ厳密さに達することはできない。「レッド」という言葉を二歳の少女が発するとき、その「レッド」に、彼女の家のじゅうたんの毛羽や輝きが、その意味の中に加わっていないとどうして言えよう。二つの辞典をよりどころとして、英語の「レッド」は日本語の「赤」だとゆるぎない自信をもって言えるのは、字引を手本として翻訳するレヴェルの上でのことにすぎない。

英語の中で暮らしたころからすでに六十年あまりがすぎ、私の英語体験は、ぼけてきている。にもかかわらず、日本語への参入はキセル乗車で、若い歳での不使用の影響は、いまだに消しがたい。

もうろくする中で、私の日本語も私の英語も、ともにもうろくして、新しく出会う時があるかとも思うが、今のところまだその機会はない。

言葉にあらわれる洞察

私よりも若く、早くなくなった鶴見良行の著作集(全十二巻、みすず書房、一九九八―二〇〇四年)を読んで、見えてくるものがあった。

彼は日本の外交官の長男としてロサンゼルスに生まれ、米国国籍をもっていた。二重国籍をもったまま日米戦争をくぐり、敗戦後二十歳に達して、自分の意志で米国国籍を捨てた。彼は日本国を、自分の意志で選んだ。

英語はうまかった。彼が文章を書きはじめたころ、その論文は、やがてアメリカの大学に留学して、博士論文として出しても通るような形をそなえていた。明治・大正・昭和戦前・戦後の家族アルバムの比較分析などは、それまでの日本の社会学になかった新しい研究であり、アメリカでも新しい論文として迎えられただろう。

国際文化会館の企画課長として勤務し、同時に声なき声の会、べ平連の市民運動に参加していたころの彼は、もの書きとしては、まだアメリカの学問のスタイルに属していた。しかし、著作集の終わりの二巻にあたるフィールドノートでは、もはやアメリカの学会に発表される論文には向かっていない。

記録は今日の足跡を記すことを最終目的とする。フィリピン、インドネシア、マラッカで、エビ、ナマコ、ヤシの実の取得と売り買いの現場を歩き、その日の見聞をその日のうちに日記に書くことの積み重ねから、眼のつけどころが青年時代とかわり、文体も目線にあわせてかわっていく。すでに初老の域に入って、食材を自分で選び、自分で夕食を調理する、その残りの時間に日記を書く。見聞を記録するのは、気力であり、気力は、見聞に洞察を加える。アキューメン(acumen)*という言葉を私は思い出し、この言葉をこれまでに自分が使ったことがないのに気づいた。

知っていることは知っていた。何年も前にサンタヤナ自伝を読んだとき、十九世紀の高名な、しかし平板な哲学史家パーマーについて、英文学科のノートンが、あの人はアキューメンを欠いている、と批判したくだりがあった。ノートン自身はアキューメンをもっていると自負していた。現に、私のいたころのハーヴァード大学で全新入生に課せられていた毎週七百五十語の作文という形をはじめた人で、それを教師が毎週批評することを通して、表現におけるアキューメンの大切さを教えようとしていた。私も恩恵を受けている。日本の大学教育に、その場所があるか。

とにかく鶴見良行は、フィールドノートに、毎日の見聞を統括するアキューメンの働きを見せている。それは、彼の想像力の中でおこなわれた、米国に支配される日本から、アジアの日本へという舵《かじ》の切り替えだった。

* acumen: keen perception, *Oxford Little Dictionary.*

耳順

「耳したがう」という言葉は早くから知っていたけれども、使えなかった。六十歳のことを言うらしく、人生の区切りとして「耳順《じじゅん》」という段階があるそうだ。しかし、どういう意味でそう言うのか、自信がもてない。自分が耳順をはるかにすぎても、まだわからない。

橋川文三が、若いころ私淑していた保田與重郎の言葉として、昔の人は、相手がまちがったことを言っても、それを正しくきく力をもっていた、というところを引いた。戦後、保田與重郎が忘れられた時代に、この言葉を思い出した橋川文三はめずらしい。

そのころ、私のもっとも古い友人の永井道雄が、

「母がなにか書いているんだよ。だが、どこが自分の考えたことで、どこが誰かが言ったことなのかの区別がわからないんだ」

と言う。

「君が出典をしらべて、つけたして、あとはそのままにしたら」

と言うと、彼はそのようにして、あまり手を加えずにその本を出版した。これはベストセラーになった。『いっしょうけんめい生きましょう』(講談社、一九八二年)という題だった。このあたりのことを耳順というのか、と思って、たのまれるままに、この本の出版のとき、この言葉を推薦の帯に使ったが、まだ自信がもてなかった。

老境に入ってからは、自分がよく人の言うことをきいて、まちがいないと思う人をえらび、その人の言うことから、さらに自分に適切な、意味の可能性を引き出す、そういう老人の心構えのことかと思うようになった。

出典は『論語』である。孔子がみずからの六十歳の心構えを述べた言葉だという。

電話で孫をよそおって金の振り込みをさせる「オレオレ詐欺」の被害が百億円を越えるという。これは、耳順の心境にも危険があることを示している。

だが、相手の言うことに意味の幅があることを知って、その中から自分にとって適切な意味を引き出す、というゆとりは、幼児にとっても老人にとっても必要で、青年はしばしばそのゆとりを失っていないか。相手の言うことをゆっくりきかずに「あなたはまちがっている」と決めつけるのは、自分のただひとつの解釈によって相手をたたきのめす習慣で、それが欧米から日本に移ってきて、学校秀才のあいだに広く行われる。マルクス主義の時代、軍国主義時代と、イデオロギーがかわっても、相手をたたきふせる方法として、今も使われる。若者が自分を託す試験制度とは、そういう仕組みの原型だ。

もともと孔子は何を考えていたのか。あらためて問う。

不在のままはたらく言語

もう三十年以上も前、日本の好景気のさなかに、八ヶ岳のふもとに一坪ずつの土地を買って、竪穴住居をつくろうという誘いをうけた。その誘いにはのらなかったが、方向には賛成だった。今も賛成だ。だが、企画に一歩踏み出した後、それをつづける気力に私は自信がもてなかった。

池澤夏樹『パレオマニア――大英博物館からの13の旅』(集英社インターナショナル、二〇〇四年)を読んだ。著者がひまをみては大英博物館にゆき、自分の好みの遺物を見つけては、その発掘されたもとの場所に行ってみる経験の積み重ねに感心した。

それぞれの文化について、そのもとの暮らしと自分とのつながりを取り戻そうと試みる。帝国主義と植民地主義の影響を割り引きしながら、その試みがはじめられ、つづくことに賛成だ。

もちろん日本の文化についても同様だ。日本国家の未来を考えると、現在の道を進むことに望みを託することはできない。日露戦争までの形、日本国家形成の力を秘めた日本文化の形、さらにそれより古くから日本語とともにつくってきた日本文学へと、さかのぼって目を凝らしていく努力に望みをかける。

日本の外でも、先進国の文明に希望をかけることのできない人びとがいて、先住民の文化をとらえなおす運動が起こっている。レヴィ＝ストロースとルロワ＝グーラン、クローバーとレッドフィールド、さかのぼってはヴラディミール・ステファンソンなど。ほかにもル＝グウィンとトールキン。

前にも触れた、黒人作家ハミルトン『偉大なるM・C』では、自分にとって意味の失われたアフリカの呪文が主人公の想像力の源泉となる。作者に聞いたところでは、彼女自身に意味の失われたアフリカ語の数行の言葉があったそうだ。

池澤夏樹の著作では『ハワイイ紀行』が前人未踏の試みだった。それはハワイについての彼自身の見聞の中に、おなじく太平洋上の島である日本文化についての位置づけがあるからで、ハワイの島々に伝わる古代からのフラという踊りにその交歓の原型を学ぶ修行を見ている。

池澤の著作に近いものを日本文学にさぐると、大岡昇平の小説『俘虜記』(創元社、一九四九年)と実録『レイテ戦記』(中央公論社、一九七一年)に行きつく。『俘虜記』の中で、ひとりの日本人兵士がもうひとりのアメリカ人兵士を見つけて(むこうはまだ自分を見つけていない状況の中で)、撃たないという決断に達する。そこには日本軍兵士としての作法をこえて、人間に戻る作法がある。『レイテ戦記』は、これまで日本の戦争小説の書き落としてきた、フィリピン住民からアメリカと日本を見る方向へと一歩踏み出している。大岡の知らないタガログ語が不在のままここに介在する。

五　そのとき

彼は足をふみだした

一九一一年八月二十九日朝早く、北アメリカの先住民ヤヒ族の男がひとり、カリフォルニア州オロヴィルの町にむかって歩いていた。彼の部族が死に絶えたので、彼は意を決して、白人の町にあらわれたのだった。

彼が、クローバーという学者に出会ったのは幸運だった。アルフレッド・クローバーは、言語学者のエドワード・サピアの助けを得て、男のいうことを理解した。やがてこの男の暮らしていた現場まで案内してもらって、彼がどのように食料を得て調理し、どのように衣類をつくっていたかを実際に見る。人は現場の活動を見なければ、その智恵の深さはわからない。これほど立派な人間を、自分たち白人は、これまでどのように低く見、殺してきたか。それを考えるとクローバーはうつ状態におちいり、それは死ぬまで彼を去ることはなかった。

夫の死後、クローバー夫人シオドラは、夫の遺したノートに基づいて、生前会うことのなかった男イシについて伝記を書く。その娘ル＝グウィンは、イシの活躍する別世界をつくりだして、ファンタジー『ゲド戦記』を書いた。二人の息子は人類学者になり、イシについての考証に基づく著作を出した。

敗戦後、米国の民間情報部のおかれた日比谷のＮＨＫのあたりを歩いていると、それまで名前しか知らなかった米国の文化人類学者クラックホーンに出会った。立ったまま言葉をかわすうちに、彼はかばんからタイプした論文の草稿を取りだして、これを読んでくれと言って渡した。それは書き上げたばかりの未発表の論文で、はじまりに、彼が台湾に行ったときの同僚の見聞が書いてあった。

米軍が中国国民党に出していた顧問団が、大陸での国民党の敗北後の撤収で米国兵とおなじ船に乗り合わせ、彼らの会話をきいた。

「あの中国人のやつらに必要なのはおれたちの脳みそなんだ。おれたちの脳を彼らの頭蓋骨の中につめ替えれば、兵器は共産軍のよりいいんだから、勝っただろう。」

その顧問にも変にきこえただろうが、伝えきいたクラックホーンにも変にきこえたから、論文の冒頭にこの話を置いたのだろう。世界史を学んだ者は、人類の重大な発明が中国人によってなされたことを知っている。米国二百年の歴史の中で、その知識は失われてしまったのだ。

ひるがえって日米の近代を見るとき、中国に対する十五年にわたる戦争のあいだ、これに反対する意志を自分の家の中に保ち続けた寿岳文章・しづ一家が、二十世紀を通して米国の文明に違和感を持ち続けたクローバー一家によく似ていることを感じる。寿岳夫人は、竹槍で米兵を刺し殺すという隣組の訓練によく出ていたそうだ。それは近所のうわさである。この寿岳夫人の努力によって、寿岳一家という、軍国日本内の小さな共和国は保たれた。

ふたつの事件

兼常清佐《かねつねきよすけ》『残響』(岩波書店、一九三七年)を読むと、彼は大学の物理学科を卒業してからドイツに留学し、図書館でベートーベンの青年時代の作曲草稿を借り出して、おなじ数だけのコントラプンクト（対位旋律）を自分でつくった。やがて自分に作曲の才能がないと見きわめ、日本の民間に伝わる旋律の採譜と蒐集に転じるのだが、ひとつの旋律があらわれ、もうひとつの別の旋律がそれを追いかけるという形式（対位法）が私の心に残った。

一九三六年二月二十六日、中学一年生だった私は、雪の中を柿の木坂の学校に登校すると、陸軍部隊が蜂起して重臣を暗殺したというニュースがつたわってきた。

やがてもうひとつの事件がおこる。戒厳令下の東京で、阿部定という中年女性が、中年男性を絞め殺して性器を切り取り、市中に隠れてなかなかつかまらなかった。十三歳の私は、おそく家に帰るとき、家のそばの電柱のかげに彼女がかくれていて、襲ってくるように感じた。

ふたつの事件は、私の中でふたつの旋律のようにからみあって、くりかえしあらわれた。二月二十六日に蜂起した青年将校たちは、時の国家に頭を下げることなく処刑された。阿部定は懲役に処せられたが、裁判に際しても、自分の行為について彼女もまた国家に頭を下げることがなかった。関根弘の詩、大島渚の映画、今野勉のテレビ・ドキュメンタリーは、いずれも裁判資料を引用して、阿部定の姿を伝える。

二・二六事件の青年将校たちは、国家の観念を純粋化する。こうした純粋化への誘惑は、どの政治の流派にも、常にくりかえしおこる。これに対して阿部定は、自分の行為が自分にもたらした罰を受けとめて、悔いるところがない。阿部定は私にとって、国家純粋化とはちがう生きかたを、自分の行為の帰結としてしっかり生きる人に思われる。断じて国家を絶対化しない立場を選ぼうと私が志すとき、今も阿部定は、好きな人である。

私の中で鳴りつづけたこのフーガは、戦争中も、一億一心の中で、自分を支える力となった。

戦争中だけではない。戦争が終わってからも、政治思想の上で、国家を絶対化する流れが、くりかえしあらわれるごとに、自分の中に、もうひとつの流れがあらわれて、それとあらがう。この角逐から私は逃れることがない。

最近、ドナルド・キーン著『思い出の作家たち』(新潮社、二〇〇五年)を読んで、三島由紀夫の章に感銘を受けた。同時代人であるこの作家と私を分かつものが、十二、三歳のころにおこった二つの事件の受け取りかたにあることを感じた。

大きくつかむ力

一九四一年、大学の三年目に入ったときだった。在米日本大使館の若杉公使からペン書きの手紙がきた。アメリカ合衆国内の日本留学生にあてた手紙で、日本への引き揚げをすすめる内容だった。

そのとき、ハーヴァード大学に学部生として在学するただひとりの日本人だった私は、後見人のアーサー・シュレジンガー(シニア)のところに相談にゆき、すでに卒業してこの大学の講師となっていた都留重人をまじえて相談した。

日米戦争になる見通しについては、都留さんは「ならない」、私は「なる」と考えた。当事者ではないシュレジンガーは、自分は日本史についての専門家ではないと断った上で、自分がもっている見方としては、百年前、アメリカの黒船にはじめて出会った日本の指導者は、鎖国つづきで国外の情勢を知らずにとまどったにちがいないが、小さい貧乏な国を指揮して大国に押し負けず、今日のひとつの国というところまで舵を取ってきた。そのような賢明な指導者が今、負けるとわかっている米国との戦争に自分たちの国をひっぱってゆくはずはない、というものだった。

A・M・シュレジンガーの予測は、この場合、結果だけから言えばまちがっていた。しかし、この大きな歴史のつかみかたは、おそらくは彼よりも細かいところまで日米関係を知っていた日本の大学出の外交官が忘れている、大きな世界史のつかみかたを内にふくんでいたのではないか。

その当時も、また現在も、大学出身の専門官僚は、百五十年、二百年の大まかな日本の位置づけを離れて、細かい情報処理の中で日米の舵取りをしているのではないか。そうして、二百年前、百年前にはもっていた、大きな筋道を見つける力をなくしてしまっているのではないか。

もっとも、この考え方は、アメリカ合衆国にも突き返して当てはめることもできる。「普通人の哲学」とは、私がアメリカの大学で学んだ最も重要な考えである。それから六十余年後のアメリカは、知識人をふくめて、その道から離れていると、私には思える。

私が知識として知っている二百年前の渡辺崋山、高野長英、百五十年前の横井小楠、勝海舟、坂本龍馬、高杉晋作、百年前の児玉源太郎、高橋是清、さらに夏目漱石、森鷗外、幸田露伴たちは、大づかみにする力を、その後の人たちにくらべてもっていた。日米戦争になるという私の予測は、私が偶然、現役の政治家の息子として育った体験から得た直感である。

そのとき、私が若杉公使の忠告を受け入れ、大学の籍を抜いてアメリカ西岸に移っていたらどうなったか。引き揚げ船は西岸までこなかった。船長は訓令により、太平洋上から日本本土に引き返した。

一九〇四年の非戦論

天地にまかせて種をまきおけばいつか花見る人もあるらむ

署名はなく、よく見ると、左下に小さく「尚江」という判が押してある。ストーブの煙で紙はすすけている。

石川三四郎(一八七六—一九五六)の没後しばらくして、養女の永子さんが、私のところへもってこられたもので、御礼をする機会を失ったまま今日まで来てしまった。一度、京都にきてしばらく逗留していただくことを提案したが、彼女は、それまで義父と住んでいた家を売ってパリに行かれた。日本に一度帰ってこられて、パリ土産を送っていただいたが、それにも御礼をしないうちに亡くなられた。

この書のもとの形は障子に書いてあった。石川さんが戦中そのそばで仕事をしておられた。そのころ木下尚江(一八六九―一九三七)が訪ねてきて、しばらくともに静坐をしたり、話をかわしたりした。物情騒然の中、おれたちがもう一度出なくてはならないかなと言われていたそうだ。そういうあいまに思いたって障子に書いた文字だそうで、署名はなく、ありあわせの印を押した。

敗戦後に木下尚江の伝記が出たが、それは通説に従って日露戦争以後引退したとのみ書いてある。しかし、昭和になって、河上肇下獄の時には同情の書簡を獄中に送り、それは河上肇自伝の一部となった。日中戦争下に月刊誌『ディナミック』発行人石川と、志をともにして、反戦の態度を変えなかった。木下尚江をマルクス主義の一視点から計るのは、的はずれである。

この軸を私に伝えた石川三四郎は、世田谷の烏山にこもって六百坪の畠を耕し、日米戦争下の時勢に同調せず、近藤憲二あての葉書に残っているところでは、誘いあって無政府主義者エドワード・カーペンター(一八四四―一九二九)の忌を守っている。大胆な姿勢そのままである。

敗戦後私は、雑誌で石川三四郎の名前を見て健在を知り、訪ねていった。そのとき私が木下尚江のことを尋ねたのを石川さんは憶えていて、彼自身の没後に、尚江の書のあるこの障子を私に贈るように指定した。

一九〇四年、日露戦争開始のときの非戦運動は、内村鑑三、堺利彦、幸徳秋水、木下尚江、石川三四郎ら、ちがう思想傾向の人たちが集まって、大衆の前に姿を現して演説をするという形を取った。大正時代に吉野作造を守るという形ではじまった戦争反対運動は、吉野の教え子である東大法学部学生によって担われた。その新人会の主流は、やがて吉野を越えて、ソヴィエト・ロシアという国の指導の下に服する形をとる。

私は、一九〇四年の非戦論者たちの立場を好もしく思い、石川三四郎からあずかっている木下尚江の遺墨を大切にしている。

はじまりの一滴

ひとつのもののはじまりはどこにあり、その終わりはどこにあるのか。どちらもむずかしい問題で、私には、その中間の一点を見守ることができるばかりだと、あきらめている。「人民戦線」という運動のはじまりをとっても、百科事典をひくと、ヨーロッパでファシズムがおこったとき、それに反対する運動にあたえられた名前としてある。しかし、自分がその中にいることを自覚したのは、第二次世界大戦が終わってからのことで、そばにいる人を見ると、その言動は人民戦線の流れをひいていた。中井正一、武谷三男、久野収、和田洋一、新村猛、真下信一、青山秀夫。敗戦直後の一九四六年に私の身近にあらわれた人たちは、よく似た身ぶりをもっていた。

ブルガリア出身のディミトロフ(一八八二―一九四九)は、国際共産党書記長として反ファシズム統一戦線を唱えた。そのことは「人民戦線」がアカだという風説の根拠とされた。そういう風説は、日本で人民戦線が弾圧されたときにも根拠とされ、代表者は東京で、また京都で、投獄された。そこまでは、当時の新聞からの知識で私の中にのこっている。

敗戦の年の終わりに計画し、次の年のはじめから『思想の科学』を出しはじめたとき、私の姉が編集委員のリストをつくった。私は小学校卒業のまま日本を離れたから、学者に友だちはいなかった。その創立同人七人の中に武谷三男がいた。

創立同人を選んだ私の姉が、「もう民主主義科学者協会の雑誌も出たんだから、『思想の科学』を出す意味はなくなった」と言うと、武谷は、「いや、共産党の言うままになるのではない雑誌がひとつあっていい」と主張し、結局、出す方向に踏み切った。民科の雑誌にくらべて微々たる季刊雑誌にすぎなかったが、いかなる政党にも従属しない雑誌として、六十年の生命を保った。

武谷の発言をきいたとき、これがどういう人か、私は知らなかった。戦中に発表されたティコ・ブラーエ(一五四六―一六〇一)についての論文を読んだことがあるばかりだった。

やがて、戦中にかれが論文を書きはじめた『世界文化』という雑誌の存在を知った。この雑誌はわずか二年の活動で弾圧に遭い、中心の人びとは投獄された。『世界文化』の姉妹誌だった『土曜日』の発行責任者斎藤雷太郎は、戦後に私たちの仲間として、共通の身ぶりの交換があった。

ソ連の国際共産党は日本に「人民戦線」があることを知って、連絡に人を送ってきたが、この人、小林陽之助は京都で捕らえられ、獄死した。

京都にあった人民戦線は、日本独自のものだった。その後、私はその人の流れの中にいた。今もいることになる。

雑談の役割

丸山真男は、自分の雑談が活字になることを嫌った。丸山さんは亡くなり、その雑談を私はここに書くことになるが、許してくれるだろうか。

一九六七年のある日、私は何か用事があって、都内の喫茶店で丸山さんと会った。ちょうど私は校正刷りをもっていて、丸山さんに、

「評論の本を出すので、その題を、「日本的思想の可能性」ということにしました」

と言うと、

「それはよくない。君が僕に教えてくれた最大のことは、日常的ということだ。」

私はおどろいた。一九三〇年代の日本で、「日本的」と冠をつけた評論集は、ひしめきあって出ていた。「日本的思想の可能性」では、刊行から五十年もたてば一九三〇年代のものから遠くないところに置かれる、似たような本のひとつになってしまう。

このとき私は感じた。すぐれた思想史家は、著者その人よりも深く、その著作をとらえる場合がある。

本はすでに印刷所にあり、丸山真男との用事を終えると、私はすぐ出版社に電話し、印刷所に連絡してもらって、本の題名を変えた。私は、丸山真男に救われた。

友人をどう定義するか。私は、その人に対する敬意をもっていることが第一の条件と思うが、それに加えて、その人と雑談することがもうひとつの条件としてあると思う。「今日は暑いですね」というのは言語交際であって、村八分を避けるための便法でもあるが、信義の確認だけにつきる会話は、友人をつくらない。「今日は暑いですね」が加わってはじめて、友人と言えるように思う。

私は、学校ですごした時間が十一年半で、友人が少ない。しかし、長く生きておどろくことは、「隣近所」が私にあるということだ。ネイバーフッドという英語にあたる。特に、京都に住んでからの六十年近くに、隣人という感覚ができてきた。

東京にいるときには職業社会が主になっていたが、京都に移って、職場とかかわりのない近所づきあいの中で暮らすようになってからは、その感じが強く自分の中にある。

もう一つ、八十代に入ってからは、亡くなった人と生きている人との区別が薄くなってきたことである。七十年のつきあい、八十年のつきあいのある人は、強い実在感をもって私の中に住みついている。丸山さんは、今から六十年あまり前の戦中に、論文を通して知った人で、実物と会ってから六十二年。その死は、私にとって、終わりにはならない。

内面の小劇場

ノーベル賞のような大きなものをもらうと、もらった人の暮らしへの圧力になるだろう。そうだろうと思う。「九条の会」の講演会があり、大江健三郎、澤地久枝とともに広島に行ったとき、大江の講演を舞台の袖できいて、彼には運命に押しつぶされない仕組みが働いていることを感じた。

大江の作品には歌がふたつあるそうだが、そのひとつ、「卒業」を、広島の女子学生が歌った。これは、障害をもつ長男の卒業を祝って彼が言葉をつくり、長男光が作曲した。長男の誕生日に、大江はこの歌をうたうことにしている。ピアノの伴奏は作曲者の光。聴き手は大江の妻である。この小劇場のために、彼はこの作品を歌う練習をかさねる。曲の中でひとつ転調のところがあって、そこまでくると、演奏者は両耳に手を当て、聴かないようにするという。いつか、そこのところも息子に耳をふさがれないほど上手に歌えるようになりたいと、彼は練習をかさねるという。

大江健三郎の生活の中にあるこの小劇場は、彼を、日本の中の世界的有名人にとどめない。彼が自らを励まして、九条の会の演台に立つ力もまた、おなじ源に発するものだろう。こちらのほうは、なめらかに演説する域に達するときがあれば、もはや講演は彼にとって内面の支えとなる力を失うだろう。

歌が進んでいるのと平行して、演壇のすみで手話が進んでいた。手話を私は、ほんのところどころしか理解しないが、それは、歌われている歌がひきおこす内面の劇を表現しているように、私には思われた。

自分は、平和を守る側に立って生きたい。この願いは、自分にそれができるかという疑いとせめぎあって、終わりなくつづく。そのことを、手話は私たちに伝える。

六十年前に米国に敗れて、その後押しによって日本の新憲法ができたとき、これを支持する発言には、内面のせめぎあいはこもっていなかった。占領軍を背にした居丈高な発言が飛び交い、不満を隠した賛成の発言が、やがて米国の立場の変更に応じて、すこしずつ、あからさまな九条否定に変わっていった。

内面のせめぎあいは、生きているかぎり私たちの内部にある。それがあってはじめて、反戦の姿勢は逆風に対しても保たれる。声に出された演説と平行して演じられる手話の声なき語りは、言葉に表現される思想と、言葉に表現されない思想とのかさなりを私に考えさせた。

言葉に表現されない思想が、言葉に表現される思想との対立を保ちつつ、これを支えるとき、言葉に表現される表の思想は、持続力をもつのではないだろうか。

できなかった問題

今はどうか知らないが、米国の大学入学のための共通試験は、それに刺激を受けてもうけられた日本の共通一次とはちがって、○×からほど遠い。今でもおぼえている「ヨーロッパ近代史」の一課目をとっても、出題された中から六問選んで、三時間のうちに六個のエッセイを書く形だった。

六問のうち五問はなんとかこなした。六つ目は、ポーランド分割についてで、この問題を選んだことをすぐに後悔した。ロシア帝国との関係、ナポレオン支配下、第一次世界大戦後、そして現在のナチス・ドイツの侵入。書くことは山ほどあって、どれも落とすことはできない。私の手にあまることがよくわかった。

そのとき、こなしたほうの問題がなんだったか、一九三九年六月から六十八年たった今、きれいに忘れており、落とした問題だけが心に残っている。

ハーヴァード大学に入ると、新入生一千人に「英語A」が必修となり、一学期の中間試験に私はE（落第点）をとった。後からふりかえると、卒業に必要な十六課目の中で落第点をとったのは、このときだけである。

私の前途は暗い。失望した表情が、下宿に戻って食事のときにあらわれていたのだろう。下宿の女主人は、学期末になって、こんなことを言った。

「あなたには言わなかったけれども、あのとき私は英語Aの先生に会いに行った。」

すると先生は、とってあった答案の中から抜き出して、私の答えについての先生の評価を見せてくれたという。「簡潔にして要を得ている」（Brief but to the point.）。これは前期の、しかも中間試験にすぎない、大丈夫、と先生は言った。たしかに、一年を終えて私の評価はB（学部学生では優等）だった。

たとえ明治初年であっても、下宿のおばさんが東大講師のところにひとりで掛け合いに行くことはなかっただろう。ウェアという講師の名は今もおぼえている。そのときの問題の一つは、プルーストの『失われた時を求めて』のモンクリフによる見事な英訳で、その中に出てくる「めまい」（vertigo）というのがわからなかったのを、これまた七十年ちかい今もおぼえている。

試験問題にはなることのない「なぜ生きているのか」は、今もわからない。ただ、もうすこし生きてみようと思って、問題をかかえているだけだ。問題を長くかかえているうちに、考えることはある。

半世紀たって、女主人のマリアン・ヤングにカナダから電話をかけると、今はワシントンに移ったから遊びにきて、と言う。私はUSAには入らないと答えると、「それなら自分がそちらに行く」と言って、九十歳近い自分と息子とで、飛行機に乗って、モントリオールまできた。

日本教育史外伝

敗戦のしらせを夏休みのただなかで受けたあと、一九四五年九月一日、学校に向かう先生の足取りは重かった。それまで教えてきたことの反対を、おなじ子どもたちに教えなくてはならない。

自分が問われる。

そのとき、子どもたちに向かって立つ先生の肖像は、光背を帯びていた。それは国に押しつけることではすまない、自分自身のまちがいである。無着成恭が子どもたちとともに編んだ『山びこ学校』は、その時代からうまれた。

子どもには、小学校に入るまでに六年間の生活がある。その生活の中から育まれた観察と直感とが、そのままひとつの教科書となっている。その、はじまりの教科書をどう受けつぐかが、敗戦直後においても、おなじように教師の仕事である。ここから考えると、小学校に入ってから中学へとつづく教室の中での採点は、参考資料にすぎない。

無着成恭の教育には、戦争と敗戦とを越えた人間の教育というおもむきがある。うまれてから六年、十二年、暮らしの中で生徒が身につけてきた考えと先生とがおたがいの知恵を出し合う場所が学校である。

今、無着成恭は学校からはなれて、寺の住職として「点廃連」(点数だけで子どもを評価しない会)の運動を続けている。すでに六十年あまり続けた彼の教育が、どのような実りをもたらすか。教育は、一年、二年で、成果を見ることのできる仕事ではない。

私が六年かよった小学校でおきたことだが、最初の授業が算数だった。先生は黒板に白墨で丸を書いて、くばった答案用紙に同じものを書いてごらんといった。一年生はすぐ答えを書いて、ハイ、ハイと手をあげた。その中に、手をあげない子がひとりいた。先生はその子のそばにじっと立って感心していた。書き終わると、先生はその子の答案を皆に見せて、「○○君はこういう答えを書きました」と言った。その答案は黒くぬりつぶされ、その中に白い丸が注意深く塗りのこされていた。

先生は何を感心していたのだろう。教室にいた四十人の子のひとりはのちに大学教授となり、定年退職してから考えて思いあたった。それは抽象にはいろいろあるのだ、ということだったろう。自分の出した問題は一つではない。その答えも一つではないはずだ。

この先生と生徒のあいだには、六十年をこえて自問自答がある。そういう自問自答は、今の日本の教育制度の中では養われない。無着成恭の戦後の教育には、生徒の自問自答を養う道があった。その道は戦後日本の教育制度復興の中で失われた。小学校から大学まで十八年教室で過ごす中で、生徒は(教師も)自分で問題をつくる訓練の場を得ることはない。

米国とぎれとぎれ

不良少年だったことが、自分に何をのこしているか。階段をのぼるようにしてものごとを考えるのが不得意である。どこからはじめるのか、自分でもわからない。

論理学でいうと、はじめにアブダクション(思いつき)をおいたC・S・パースのプラグマティズムに共感をもつ。パース、ジェイムズ、ミードというプラグマティズムの哲学は私にとって、ヨーロッパ哲学よりも相性がよかった。

十五歳から十九歳の終わりまで米国ですごし、その後六十四年、そこに戻ったことがないが、八十五歳になっても、私にとって、その国は哲学上の故郷でありつづける。

前にも書いたが、敗戦のあと、大学の名簿をたよってエリック・リーバーマンという米国の海軍軍医が私をたずねてきた。大学での私の同級生は約千人いるが、私はそのほとんどと面識がない。彼もそのひとりだったが、彼は私に会うと、「アメリカは、これから全体主義になる」と言う。まさか、と私は思った。

だが、それから半世紀以上たって、ある夜、テレビをつけると、九・一一の同時多発テロだった。おそくまでテレビを見続け、しばらく寝て、もう一度テレビをつけると、米国の大統領が出ていて、「われわれは十字軍だ」と演説をした。

このとき、六十年前のリーバーマンの予測が当たったと思った。国家主権のあるかぎり、強大な軍事力をもっていながらそれを使わないでいることはむずかしい。二百五十年前には小さな民兵組織しかもたなかった米国は、自分のもつ今や世界最大の軍事力に内部から抵抗するには、よほどの精神力をもたなくてはならないが、それはもはやない。日米開戦後の一九四二年、戦時捕虜収容所内にいた私に卒業証書をくれたこの国の寛大さは、その後半世紀と続くことはなかった。私と米国との関係は、その後まったく断続的になった。

ハーヴァード大学一年生のときに「プラグマティズム運動」という講義をきいたC・W・モリスが突然にミルトン・シンガーを紹介して、シンガーとレッドフィールドの共著『小さなコミュニティー』という本の校正刷りを私に届けてきたことがある。私は、この本から、歴史認識を「プロスペクト」(期待)と「リトロスペクト」(回想)にわけてとらえることをまなんだ。同じひとつの時代が、「期待」として接するときと、「回想」として接するときとでは、おもがわりする。

一九四五年に聞いたリーバーマンの予測を、「期待」の次元できききわけることのなかった私は、自分の同時代の見方に影響のあるこの誤算がどのようにして生じたのか、自分の同時代の中に逆算(回想)する必要をもっている。

見えない蒐集

目前の物事に夢をまぜたとき、目前の物事は、永遠の一部分となる。

『人類の星かがやくとき』(一九四三年)という小さい本を読んだことがある。スコットが南極探険の失敗の中で書く日記、ドストエフスキーが死刑の予告の中で自分の全生涯をかえりみる記録。習いたての私のドイツ語で読み終えることができたわずかな本のひとつだった。

この本の著者ステファン・ツヴァイクには縁がある。おなじころ、大学のドイツ語資格試験に出たからだ。問題は、「見えない蒐集」というツヴァイクの短篇小説からだった。

第一次世界大戦の後、盲目の父と暮らす娘はマルクの値下がりで生活にこまり、父の蒐集した絵画をだまって売りに出す。父は、娘の言うままに、目録の一々について、絵を記憶から取り出して、それぞれについてものがたる。

ツヴァイク自身は、ナチスによるオーストリア破壊を見るにたえず、ブラジルに亡命して、妻とともに自殺した。ツヴァイクの文章が試験問題に出たのは七十年前のことだ。その記憶は今もこの連載の題名にまで影をおとしている。

似た話をもうひとつおぼえている。インドでは風通しのよい建築で、隣の家がよく見える。隣の大家では娘が父親と住んでおり、父親は自分を土侯と思っているらしく、言語動作すべて重々しく、娘はそれにまめまめしく仕えている。隣の青年はからかってやりたくなって、正装して隣家をおとずれ、君主に仕えるような言葉づかいであいさつをのべ、娘の助けで行事を無事に終えて、辞する。娘が追いかけてきて、なぜ私たちをあのようにはずかしめるのですかと言って涙を流す。青年は、一瞬にして自分の非を悟る。

後のことは忘れたが、青年は娘を妻にする。これはタゴール作とおぼえているが、その後、全集をさがしてもゆきあたらない。戦中、ジャワで読んだ話である。

私がかわらぬ敬意を持って七十年読んできたオルダス・ハクスリーの伝記の中に、妹の思い出が入っている。少年の日、失明に近くなって手探りで壁を伝って歩く兄がクモのように不気味に見えたと言い、妹の回想は、それだけである。妹には、目の見えないこの時間が兄に、ヨーロッパをふくめて同時代を広く見わたす自由をあたえたことがわからなかった。ただ、気味のわるい男と思うばかり。しかし、この印象記がオルダス・ハクスリー伝の一部として残って、私はよかったと思う。

自分を保つ道

「遺跡の豚」(『一冊の本』二〇〇七年十月号、朝日新聞社)を読んで、川上弘美の文体の出てくる場所に思い当たった。押入の整理をしていて見つけた、自分の小学生のころの作文の中に、『豚の運だめし』という本について書いた読書感想文があって、それを川上弘美は自己引用している。

わたしはぶたの運が悪いのが、かわいそうです。

ぶたは最後にしあわせになてよかたです。

松の木いせきのぶたは、大きかたです。

これからもぶたがしあわせだといいです。おわり。

この感想文を書く前に、学校の行事で「松の木遺跡」という区内の遺跡を見学に行った。そのとき、近くにある養豚場もついでに見学した。決して、遺跡に豚が群れていたわけではない、という。

「頭の中がぐちゃぐちゃな小学生、である」と、今の川上弘美は書いている。だが、私には、この混同に、今の彼女の文体がかくれているような気がする。そして、その混同を、昔のこととして消し去らなかったところから、この人の文体が生まれてきたと思う。

小学生のころとはちがって、高学歴のために、自分の見た対象を自分から離れた対象とは区別して、それぞれ別の分類箱に入れて、文を書く術を学校で習った。しかし、作家となってからは、それらの断片は別々の分類箱から飛びだして、融合し、動き出すようになった。

今は、書評を書く。それは「本に「憑いてもらう」ことができるようになったから」で、

「『読んでいるうちにその本を自分も一緒に書いているつもりになって、登場人物や文章がよそごとではなくなってしまう』状態になる」からだと川上はいう。そして自分をこう振り返っている。

「よそごとではない、自分自身のこと」として本を読むようになると、ありのままの感想が幼稚だろうと素朴だろうと、なりふりかまっていられない、という気持ちになるのである。自分のことなら恰好をつけるけれど、自分ではない（でも自分）、という不思議な入れ子のような状態になったので、自意識について思い悩まないように、なったのである。

ここには、自分を越える道だけでなく、自己を保つ道が語られている。

私は、日本に八十五年暮らして、この国の知識人が学校を通ってくりかえし卒業してゆくことに不信感をもっている。ここに、高学歴にもかかわらず、たやすく卒業しない知識人を見つけて、勇気づけられる。

六　戦中の日々

うわさの中で育つ

八十五年の生涯を、私は戦争のうわさの中で暮らした。

はじまりは、日露戦争のほとぼりの中だった。

広瀬中佐、橘中佐。その歌を歌いながら、そこに歌われる英雄を演じる一歳、二歳の子どもだった。どちらも、ばったり倒れて終わるのだから、勝ちいくさとは言っても、劣勢の中でたたかいつづける形である。

五歳のときに号外が投げこまれた。写真入りで、この人を日本人が殺したと、家のものが言っていた。学齢前の私には、自分が日本人という考えがなく、日本人は悪いと思った。

それから二年ほどして、小学校二年生の私は、祖父の銅像の除幕式に満州に行った。そのとき、自分たちの乗る自動車が銃剣をもつ兵士にかこまれた。父の張作霖を殺された張学良の兵士が、日本人(このときは自分が日本人だとわかっていた)を憎むのは当然だと思った。中国兵の憎悪を感じた。

小学校の六年間は、この印象をぬぐい去ることがなかった。その印象は、今でも、こだまとなって私の中に残っている。私には、自分が属する日本国を、常に正しいものと感じる考え方がない。そういう考え方をいぶかしく、また時として、憎むべきものと感じる。自分ぐるみ。

私が子どものころ、天皇陛下は軍服を着ていた。大元帥陛下である。私は、市民の着る平服を着た天皇陛下を見ることがなかった。天皇はまさに軍国日本の代表だった。日本の軍隊は、朝鮮、中国に、いつもいた。戦争は事変と呼ばれて、中国人と日本人との衝突という形で、中国本土でくりかえし、おこっていた。

一九四一年一二月八日、アメリカ、イギリス、オランダ、中国を相手として、日本は戦争をおこした。「大東亜戦争」と日本政府は名づけた。

このとき、私はアメリカに留学していた。開戦に先だつ一九四一年秋、駐米公使から万年筆書きの速達が来て、すぐに学籍を抜き、引き揚げ船で日本に帰れと言う。おどろいて、ハーヴァード大学での私の後見人アーサー・シュレジンガー（シニア）に電話すると、自宅に来るようにと言われた。行くと、もうひとり先客がいた。ハーヴァード大学リッタワー・センター講師の都留重人だった。都留さんにも公使から手紙が来ていた。日本で高校生のころ逮捕されたことのある都留さんは、相談したことがわかると困るから、それぞれの文章で返事をしようと言う。返事は、引き揚げ船に乗らないということだ。答えの出し方は、日米両国が戦争に入るかどうかにかかっている。都留さんは、戦争にならないという予測だった。私は、戦争になると予測した。

途中点

日米戦争は、おきるか。

おきない、と都留重人は言った。今は上海あたりで、日本の資本主義の代表とアメリカの資本主義の代表が会って、おたがいの交渉のおとしどころを相談しているのではないか。これまで日本政府が公けに言っているのはブラッフ(bluff 手もとの小さい辞典では、make pretence of strength to gain advantage. とあり、都留さんの言いたかったことがくっきりと伝わってくる)だと言う。

戦争はおきる、と私は言った。自分だけだまさずに他人をだますのはむずかしい。日本の政治家はそこまでかしこくない。長い間日本の軍事力と工業力について国民をだましてきたツケをやがて払わなくてはならないだろう。

第三者としてそこにいたアーサー・M・シュレジンガー(シニア)の感想。私は日本史をこまかく研究しているわけではないが、一八五三年にペリーの米国艦隊が日本に来たとき、見通しのたたなかった政府が、十年ほどのうちに新政府をたて列強の間に位置をしめるところまできたことを考えると、それほどの指導者をえらぶ力を持つ国が、負けるとわかっている戦争に国民をひきこむとは思えない。

日米戦争の予測についてだけ見れば、都留重人とシュレジンガーははずれ、私はあたった。それは都留重人とシュレジンガーとちがって、私が現役の日本の政治家の子どもだったからだ。ゼロ歳のときから、父と同じ食卓で食事をし、父の会話をきき、父が他の政治家と意見をかわすのを(食堂の隣に電話機があった)聞いていた私にとって、政治家が知恵のある人には思えなかった。

しかし、その後、何度もこの時の会話を思い出すうちに、シュレジンガーの意見には何かあるような気がしてきた。

戯曲家の山崎正和が、京都大学を好きな理由として、当時の京大アメリカン・フットボール部が公式から自由なたたかいをする特徴をもつことと、入学試験の数学で途中点を与えることとを挙げていたのを思い出す。問題ととりくむときに、解き方の見通しをたてる。その時にみるべきところがあると、最後の解答がまちがっていても、途中点を与える。そこがいいと言う。

シュレジンガーの予測はあたりはしなかったが、幕末の日本の政治については、すぐれたところを見ていたのではなかったか。とにかく、このとき、私の考え方の大すじはきまった。

日本の国について、その困ったところをはっきり見る。そのことをはっきり書いてゆく。日本の国だからすべてよいという考え方をとらない。しかし、日本と日本人を自分の所属とすることを続ける。

記憶の中で育つ

学校に一緒にかよった経験が私には少ない。小学校だけは同じ学校に六年間かよったので、同級生はひとりひとり名前と人をおぼえている。その中で、共通に呼び出せる景色で友だちと見きわめたことが一度ある。

推理小説家中井英夫と私は、一九二八年四月一日に同じ小学校に入り、六年後に卒業するまで同じ小学校にいた。

それから三十年もたって、私は本屋の高い棚に見慣れない著者による推理小説を見つけて、あの本をおろしてほしいと注文して手にとると、開いたところによく知っている景色が出てくる。その本を買って下宿にもどって読むうちに、この本の著者と私は知り合いだと感じた。

発行元に知っている編集者がいたので、この著者は私の知っている人物ではないかと問い合わせると、そうだという返事がかえってきた。ペンネームは塔晶夫。本名は中井英夫。

著書は『虚無への供物』(講談社、一九六四年)だった。

数年して、彼は京都にたずねて来て、小学校卒業以来三十年ぶりで会った。それから著書をもらうようになり、生前と死後、ふたつの全集を読んだ。なかでも「彼方より」という戦中の手記におどろいた。

彼の父は中井猛之進で、植物分類学の教授である。私がジャワに海軍軍属として行ったとき、はじめにたのまれたことは擬装用植物についての小冊子をつくることで、それをつくるために、ジャワにある東洋一のボイテンゾルフ植物園に送られた。この植物園の園長が中井猛之進。陸軍中将待遇の司政長官で、ジャワ島で司令官につぐ高官だった。私は伍長相当の軍属である。

私に対して、彼は寸分のへだたりを感じさせずにゆっくり話し、それを私は筆記して一冊の小冊子をつくり、太平洋に散在する海軍基地に送った。日をへずして、たくさんの感謝状がかえってきた。

この小冊子は、私が日本語で書いた最初の著作だった。これを書いたとき資料をくれた人が、私の小学校の同級生の父親とは知らなかった。むこうもそれと知らずに私に親切にしてくれた。後に中井英夫に会ったときに、君のおやじは君の言うような悪い人ではないと言ったが、彼は聞く耳をもたなかった。

中井英夫は東大生の時、学徒出陣で暗号兵として陸軍参謀本部につとめた。「彼方より」はここで彼の記した、戦争をのろう日記である。バタヴィアの海軍武官府で私も秘密の記録をつくっていたが、これは「Prognostical Documents」(診断所見)と題し、英語で戦争の未来について自分の予測を書いていた。しかし中井が参謀本部で書いていた日記は、私とはかけはなれた勇敢な行為の所産である。中井は私の中で年とともに大きくなる偉大な同級生である。

なぜ交換船にのったか

前にさかのぼる。一九四二年五月、米国メリーランド州ボルティモアに近いミード要塞内の日本人戦時捕虜収容所で、「日米交換船が出る。のるか、のらないか」ときかれて、その場で米国政府役人に対して「のる」と私はこたえた。

そのとき何を私は考えていたのか、その後六十五年の間に何度も考えた。

そのときの考えをいつわらずに再現したい。まず、自分が日本国籍をもつから日本政府の決断に従わなければならないとは思わなかった。日本国民は日本政府の命令に従わなければならないという考え方からは、日本にいるときに離れていた。

では、すでに日本から離れて収容所に入れられているのに、なぜ日本にもどるのか。

私の日本語はあやしくなっていたが、この言語を生まれてから使い、仲間と会ってきた。同じ土地、同じ風景の中で暮らしてきた家族、友だち。それが「くに」で、今、戦争をしている政府に私が反対であろうとも、その「くに」が自分のもとであることにかわりはない。

法律上その国籍をもっているからといって、どうしてその国家の考え方を自分の考え方とし、国家の権力の言うままに人を殺さなくてはならないのか。私は、早くからこのことに疑問をもっていた。同時に、この国家は正しくもないし、かならず負ける。負けは「くに」を踏みにじる。そのときに「くに」とともに自分も負ける側にいたい、と思った。敵国家の捕虜収容所にいて食い物に困ることのないまま生き残りたい、とは思わなかった。

まして英語を話す人間として敗北後の「くに」にもどることはしたくない。

だが、私が当時の日本国家を愛し、その政府の考え方を自分の考え方としていると誤解されたくもなかった。敗戦後もそう誤解されたくはない。そこをわかってもらうことは、自分の家の内部でも戦中は危険、戦後、そして現在もむずかしい。

政治家は、必要もないのに原子爆弾を二個も日本人の上に落とした米国の言いなりになり、日本国の大臣は米国の国務長官の隣に立つとき、光栄に頬を紅潮させて写真に写っている。この頬の紅潮はかくせない。まぎれもない事実である。

勤め先の広島で原爆にうたれ、歩いて故郷の長崎にもどってそこでふたたび原爆を落とされて生き残った人は、「もてあそばれた気がする」と感想をのべた。この感想から日本の戦後は始まると私は思うが、その感想は、国政の上では、別の言葉にすりかえられたままである。

私の求めるもの

シンガポール軍港の中で、Ｂ29の襲撃を受けた。つぎつぎに自動車が出て、役職つきの軍人たちは安全な場所に退避していったが、私は、短波ラジオをきく任務なので、今いる場所にとどまるほかない。ひとりではなく、ほかにふたりいたが、Ｂ29の爆弾がどこに落ちたのかわからない。爆音に閉じこめられて、じっとしていることの恐ろしさに参った。

軍港内には多くの兵隊が残っていたが、私は孤独だった。私は、日本軍の勝利を信じていない。日本軍の正義を信じていない。そのことからくる孤独だった。

ほかにも、イギリスから日本の伯母さんを訪ねてきているうちに日英戦争にまきこまれたイギリス育ちの二十歳の日本兵がいた。彼は、イギリスの軍隊にはミリタリー・グローリーというものがあるのだが、日本軍にはない、とぼやいていた。好きな料理はアスパラガス・クリーム・スープで、毎朝のみそ汁を嘆いていた。小学校上級からキプリングの長編詩「ガンガ・ディン」(一八九二年)を朗誦したそうで、その朗誦の中に、イギリス軍隊の栄光があらわれるのだが、日本の軍隊の中にいて、みそ汁の毎日はみじめだった。彼と雑談をかわすことは、当時の私にとって息抜きの時間だった。

世界の最高の作曲家はハンデル（ヘンデルを彼はそう発音した）とエルガー（そのときはきいたことがなかったが、エルガーは私も好きだ）。最高の作家はディケンズ、ゴールズワージー、プリーストリー。みんなイギリス人で、ほかに誰もいなかった。ドストエフスキーも、トルストイも。父は、ロンドンで古美術商をしているという。彼は、軍隊で毎日なぐられているようだったが、そのイギリス趣味を変えなかった。

軍港を囲む金網の向こう、丘の上に、おそらくは華僑の住むこぢんまりした家が、ぽつんと立っていた。

軍隊から離れてあの家に住んでいるなら、私にはほかになにも望みはないという、痛いほどの感じがあった。それ以上の夢は私にはない。その中に何ものもない時間の流れ。それが私にとって最高の望みだった。

二〇〇八年三月二十五日、今の私は、その希望の中にいる。生き残って、軍隊の外にいる。幸福ではないか。シンガポール軍港の金網の内で夢みたそのすべては、かなえられている。食べもの、住む場所、そして軍隊の外にいるという現実。一九四五年の敗戦の日から六十三年。私は、幸福を自分のものとした。そのことを忘れない。他のことは、つけたりだ。

脱走の夢

私の上司になった課長は、かつて陸軍に召集されて中国大陸にわたり、中隊長に憎まれて命の危険のある方面深く偵察に送られた。偵察から生還すると、中隊長がみずから司令部に報告に行くと言う。

「おれが行ってきたんだから、おれが行く」と言ってけんかになり(もう少しおだやかな言葉遣いだったかもしれないが)、彼は銃の台尻で上官をなぐって重営倉に入れられた。そのために昇級できず、上等兵で終わった。

こういう不良くずれの役人はものわかりがよく、軍属として一番身分の低い私に仕事を任せて、どこかに遊びに出かけた。

軍隊ぎらいの中年ものは、占領各地にいた。かなりの年齢に達していて、ヒゲをはやしてタバコをふかしてすわっている陸軍一等兵が街にいると、そういう人だと見当がついて、日本軍をおそれている私には親しみがもてた。

それは、ヒゲのコミュニケーションと言って、人間社会には何千年も前から、そういう、言葉抜きのつきあいが成立していたと思われる。

私は、内面の言葉が英語だったため、日本人が近づくと、それを見やぶられはしないかと緊張した。白服を着ていたが、「君の服はどうしてベルトの下が黒くなるのか」と言われて、手がベルトの下をこする癖があり、その癖まで見やぶられたと、恐ろしかった。それ以外に神経症の徴候が出なかったのは幸運だった。

現地の娘たちは美しく見えたが、近づくことはなかった。日本人の女性にもひかれたが、「国家社会のために努力してください」などと手紙のむすびに書かれると、近づきにくかった。

私の仕事は、大本営発表に出ることのない敵側短波放送を聞き、手早く毎日、自分ひとりで新聞をつくることだった。仕事としてはたいへんだった。八十五年の生涯で、このときほど働いたことはない。二度の胸部カリエス手術のあと、内地に送り返された。夜中にラジオ放送のとだえたとき、官舎の外に出ると、遠くからガムランの音楽が聞こえた。

村の暮らしでは、夜中になると涼しくなって、小さい子も出てきて団欒の時間がある。軍隊からはなれてその一座に加わりたいと思った。かくまってはもらえるだろう。しかし何日続くだろうか。この島は陸軍の占領地域で、陸軍の憲兵が法律を守っている。これに対して、何日もかくまってはもらえない。

脱走は夢だった。この夢に、他人の脱走を助ける役割をとおして近づくことができたのは、それから二十四年たって、ヴェトナム戦争から離脱する米国兵をかくまう「べ平連」の活動に参加したときである。私にとっては、それは年来の夢が実現したのであって、突然の決断ではなかった。

戦記を読む

蟻をつぶして食べると力がつくという言い伝えが子どものあいだにあって、蟻を殺して食べた、と一等水兵が幼いころの思い出を話した。それにつられて、十八歳の軍属(志願して海軍に入った)が、みなさん私より年上ですが、人を殺したことはないでしょう、という。自分より年上の軍属の間にいて、自分のほうがえらいことを誇るように見えた。

彼は剣道の有段者で、セレベスにいたとき、捕虜の首をはねたという。人を斬ると力がつくものらしい。一座の中で彼が一番強いことを証明しようとしているようだった。

その記憶は戦後も自分の中にある。それをとなりにおくとき、私は古山高麗雄の作品が好きだ。彼は私と同じく不良少年出身である。

私は子どものときからの道楽者だから、軍隊の性病予防具の配給を受けて慰安所に出かけることに気が進まない。それでは十代そこそこでクビをかけて悪所に出入りしていたときの気概を無にすることになる。しかし、まじめにくらしてきた少年が志願して軍隊に入り、機会を得て慰安所に行くというのをとめたくはなかった。故国に帰れないかもしれないことでは、慰安婦もおなじである。やがて輸送船で、朝鮮出身の慰安婦と船底におかれたとき、私の中に、この人たちへの共感がうまれた。そういう感情は、古山高麗雄の戦記の中にもある。

まったく戦争目的を信じないままに、中国大陸を引き回され、戦争が終わると戦争犯罪を問われて収容所におかれる。彼の実感に裏打ちされた戦記を、私は好んで読んだ。

彼の不良仲間である倉田は、玉の井の女性とともに暮らし、そこで召集を受けて実家にもどらずにまっすぐ戦争に行く。その女性の戦後をたどった「真吾の恋人」は、私の好きな作品である。人間の生き方として、この主人公に及びがたし、という感想をもつ。

倉田の友人古山は生きて日本にもどった。なんとなく編集者としてくらしているうちに仕事で野上弥生子を訪れた。すると野上は戦争目的にかかわる長編『迷路』を書いていて、ゆっくりと古山のはなしを聞いた。やがて、音楽評論家遠山一行の知遇を得て、遠山の『季刊芸術』の編集者となり、古山みずからの作品をここに発表するようになる。

遠山一行は、私が府立高校尋常科一年だったころ、おなじ教室にいた。私はこの学校を一年で追放された不良少年である。その後、遠山に七十余年会ったことはない。しかし、道でばったり会うとしたら、古山高麗雄に小説を書く機会を与えたことに、ありがとうと言いたい。おたがい八十五歳の老人として、共通の思いを分かち合いたい。

「トゥーランドット姫」

古山高麗雄とおなじく、私は「大東亜戦争」下に、戦争目的を信じることなく、日本の不正義と必敗を信じて逃げまわっただけだが、はじめはドイツ語通訳として任用された。しかし送られたバタヴィア在勤海軍武官府の武官が目利きだったので、現地では英語の短波放送を夜中にきいて、朝すぐにその日の要約をひとりで新聞につくる仕事をした。私なりに働き、この仕事は、チキニ海軍病院分院で胸部カリエスの手術を二度受け、日本に送りかえされるまで続けた。

生まれたときから、悪い子だと言われて母親に折檻されて育ったことが、このとき役にたった。私は、あきらかにマゾヒストとしての性格を身につけた。麻酔を倹約して手術をする海軍病院では、この性格は役にたち、軍医にほめられた。

長期の入院の中で、私は准看護婦たちの演じる「トゥーランドット姫」という歌劇を見た。日本から来た正看護婦が内地にいるとき宝塚歌劇で見た筋を憶えていて、演技指導をしたもので、この明るいたのしい歌劇を、患者(海軍の兵隊)はよろこんで見ていた。演じたのは、海軍の軍政地域だったセレベス島で採用された少女たちで、十五、六歳から十七、八歳。母語はマライ語で、オランダ語と日本語をいくらか話す。利発な娘たちだった。このときのことは、六十五年たった今も、戦中のたのしい思い出である。

この芝居がプッチーニの原作にどれほど忠実だったかは知らない。だが、文学は、このようにして、何ほどかのかけらとして、人間の歴史の中を伝わってゆくのではないか。

そのときの准看護婦を、フィッチェさん、スマルヤニさんという名前とともに憶えている。私はマライ語を知らない。彼女たちは看護術をオランダ語で学んだので、私がなにかを言うとするときには、はじめはドイツ語にかしぎ、つぎに英語にかしいで何度か言うと、それは的確に伝わった。

カリエスは、私の胸に二つも穴を残している。二度の手術はいずれもかなりの時間がかかった。手術したのは前の年に慶応大学医学部を卒業した海軍軍医大尉で、「私はカリエスの手術をするのは初めてです。痛いですか」ときいた。看護婦は、これまでに何度も重傷に立ち会っていて沈着で、「痛いにきまっているじゃないですか。こんなにふるえているじゃないですか」と、無言で痛みに耐えるのが精一杯の私を代弁した。手術が終わると、「私の首につかまってください」と声をかけて手術台から担架に移した。

数年前、この看護婦、阿部さんから電話をもらった。秋田に住んでいるという。当時私は二十歳そこそこ、阿部さんは私より二、三歳年上だった。戦争をくぐった日々の中の、あざやかな思い出である。

「大東亜戦争」はどこにあったか

「大東亜解放」という志が、自分の欲得の口実としてだけで唱えられていたとは私は思わない。インドネシア義勇軍が行進するのを、窓から身をのりだしてよろこんでいた吉住留五郎の表情を思い出す。

彼は山形の生まれだった。小学校卒業後しばらくして共産党の運動に入って捕まり、出獄後ジャワに来た。ここで商売人としてくらすうちに戦争が始まり抑留され、日本に送還されたが、海軍武官府の職員として再びジャワに来た。武官府のひとつの課の課長になった。敗戦をむかえて日本にもどらず、旧オランダ支配の復活に反抗するインドネシア義勇軍に入り、結核で亡くなった。彼には何人か、日本にもどらない日本人の仲間がいた。

武官府には百人ほどの職員がいたが、海軍士官は大佐と中佐がふたりいるだけで、他に一等水兵がふたり、あとは軍属だった。

全体を率いる武官が何を考えていたかは知らない。私はもっとも若く、身分は低く、一対一で武官と話したことがない。彼は私が酒をのまないことを知っていて、カリエスの手術で海軍病院に入院したとき、山のようにチョコレートをもってきてくれた。食べきれるわけはなく、同室の患者(だいたいは水兵)にわけた。

一九四四年夏、二度目の手術の後、私は日本本土に送りかえされ、その後はジャカルタにいない。以下はあとできいたこと。

一九四五年八月、敗戦の決定を知った武官は、官邸の地下室にインドネシア独立運動の人たちをあつめて、自分は出席せず、インドネシア独立宣言起草の場に提供した。ジャワ全島は日本陸軍の統治下におかれていたが、陸軍には知らせない武官独自の決断だった。これは突然できることではなく、私のつとめていたころから、武官は、スカルノ、ハッタ、スジョノなどと連絡をとっていた。この人たちと私は当時会ったことがない。

敗戦後、武官はシンガポールのチャンギ刑務所に送られたが、前記の友人たちはすでに独立インドネシアの幹部であり、嘆願書をおくって、そのために武官は刑をまぬがれた。前田精、最後の身分は海軍少将だった。彼は、海軍大佐として赴任したバタヴィア在勤海軍武官府から海軍中央の職に呼びかえされることなく、任地で勤務を終えた。

戦後はインドネシアとの貿易に携わり、私は二、三度会ったことがある。そのときインドネシア語の新しい辞典を彼からもらった。戦時の心境について、私に語ることはなかった。私が海軍に入る際に世話をした人が同席していて、その人は五・一五事件で退役になってから海軍の外で活動し、戦後は共産党にかかわりのある活動をしていたが、前田精は彼に、私を誘うことをとめた。戦中と同じく、彼は私に自分の道を自分でえらぶ余地をのこした。

歴史の影

空腹なら何でも食べられるというのは事実ではない。

戦争の末期、熱海の借家で昼間ひとりで暮らしているとき、配給の粉を使ってフライパンでパンらしきものをつくって食べようとしたが、のどをとおらなかった。からだに水分が足りなくなっていて、口の中には入れたものの、のどをするりととおらない。空腹ではあるものの、うまいもまずいもない、のどをとおってくれなくて、吐き気をさそった。

ニューギニア、フィリピンなどの山中で、トカゲを食べようとするなどした兵隊は、まれに健全な体力を保っているもの以外には、食べられなかっただろう。

戦後、アンデス山中に旅客機が落ちて、運動選手の一行が死者、生者に分かれたときの記録をピアズ・ポール・リードが書いたのを読んだ(永井淳訳『生存者――アンデス山中の七〇日』平凡社、一九七四年)。仲間の死体を食べてもいいという組と、食べてはいけないという組に分かれたことが書いてあった。私の戦中のことから考えると、私ならば、死んだ人間の肉を食べてもいいという倫理判断に立つと思うが、実際には自分で食べることはできず、死を選んだと思う。

アンデスの一行のうち何人かは、人間を食べて生還した。そこには、倫理的判断をこえた肉体の習慣がはたらいている。戦時の日常にもそういう力ははたらいていた。

私は、内地にもどったものの、カリエスは胸部から腹膜炎、瘰癧《るいれき》などに転じて、動きがにぶくなった。こわれたラジオをラジオ屋にもっていって修理してもらうのがやっとで、それをもってかえってようやく八月十五日の天皇の放送を、ひとりで聞いた。

その放送で「残虐なる新型爆弾」という言葉が耳に入った。私にとっては、五歳のときに号外で知った、張作霖の残虐な爆殺以来の日本人の同時代史がある。天皇の説く「残虐」が心におちたのは、何カ月、何年もたって原爆投下が人間の歴史を変えるほどのことだったと知ることができてからである。それまで、米国政府筋からも、米国に追随する日本政府筋からも、原爆の姿はあきらかにされなかった。

二〇〇八年三月十四日、日本の最高裁判所は戦中の横浜事件の事実無根と認めることを拒絶した。共産党再建の計画という事実無根の犯罪をつくって、拷問と獄死をもたらした戦中の裁判は、不問に付されたまま戦後六十四年が過ぎた。戦時の判決の不当を、私たち日本人は背負い続けている。

この根もとにある罪は、戦後日本の歴史の変わらない特色である。

おたがい

戦地にいる兵隊にとって、見たくないものは戦意高揚映画である。シンガポール軍港内の輸送船に一カ月近く閉じこめられていたことがある。快速輸送船団というふれこみだったが、港外に出ると、米国の機動船隊が近づいてくるというしらせがあって、また港内に戻り、出られなくなったのだ。

気分が沈むのをふせぐために映画もかけられたし、余興大会もあった。そういうとき、軍歌ではなく、遠く大正年間の「のんき節」を演じたり、「のんきな父さん」の仮装が舞台に出た。

映画では、なんといってもエノケンに人気が集まった。古川ロッパでは理におちて、合理的な見通しが連想され、それは現実には、近くにある、われらの沈没を思い起こさせる。『エノケンの千万長者』『エノケンの法界坊』、その他の無意味に明るい節回しで、つかのま明るい気分を取り戻した。バラリル、バラリル、バンバラン、という幾多の呪文を今も覚えている。

船底に長く閉じこめられると、ここがやがて自分たちの墓場になるのかと、暗い気分になる。私は軍属の仲間といて、仕切りの向こうは朝鮮出身の慰安婦たちで、故郷にむかっているのだから、おちこんでいるわけではなかったが、長い苦行のあとで活気があるわけでもない。

将校は上級甲板で暮らし、船底にあるものはおおまかな職種別で、おたがいに同類の者という認識だった。もう一度、港外に出て行けば、水雷に突っこまれて海で死ぬことになる。同じ運命が待っている。

事実、この快速貨物船からのりかえて、十三ノットしか出ない練習用巡洋艦「香椎」で内地に戻ると、門司から東京にむかう列車の中に着のみ着のまま、草履《ぞうり》ばきの人たちがのりこんで来た。それがこのシンガポール港での船底の仲間だった。水雷にやられ何人もが死んだという。それ以外は言うことが禁じられていた。つかのまの人生の同行者だった人びとのことが、心にうかんだ。

こういう形の再会が、戦争中に何度かあった。

二月二十五日の空襲の夜、私は妹と東京に戻る途中、大宮で列車からおろされ、乗り換えて渋谷にむかい、そこから省電まで雪の中を歩いた。青山高樹町のあたりで、顔見知りではないが私の家の近所、麻布十番で焼け出された一隊の人たちとすれ違った。生き残ったという安堵感から、おたがいに口々に話し、焼け出されて無一物になったことをものともせぬ明るい声だった。私はこの隊列につよい感動を受けた。物に執着がない人間の姿勢がつたわってきた。家族から死者が出なかったのだろう。私たちはまだ長丁場を歩かねばならず、足は冷たかったのだろうが、すれ違った人たちのあたたかさだけを覚えている。

私のドイツ語

海軍にはドイツ語の通訳として採用されたのだが、ドイツ語を使う機会はわずかだった。

そのころ、日本はドイツとふたつの通路をもっていた。ひとつは快速封鎖突破船、もうひとつは潜水艦である。そのひとつ、封鎖突破船に、私は、筆生《タイピスト》二人と、農園の管理人志望の老人と四人でのって、ジャワにむかった。

満二十歳のはじめての仕事で、船の中でただひとりドイツ語のできる日本人として緊張していた。船が襲撃されたら、どう道をひらけばよいか。

船にはドイツ軍の兵隊ものっており、食堂ではドイツの軍人と日本人とにわかれて食べた。給仕には運良く私のドイツ語は通じた。甲板で会ったとき、彼は、自分たちは一家でレストランを経営していると言った。こんな戦争なんて馬鹿らしい、と彼は本音を言う。ふたりだけの時だった。彼が無事にドイツに戻れたかどうか知らない。

後に、バタヴィアで短波受信の仕事をするようになってから、この船ブルゲンラント号が連合軍の軍艦と交戦し、ブラジルのリオデジャネイロ沖で撃沈されたと聞いた。

私たちの航海では一度警戒警報が出たが、無事フィリピンのマニラに停泊し、やがてバタヴィアに着いて、私たち四人は下船した。途中で、万一のことを考えて、私は救命ボートの中を調べた。厚い板チョコレートがボートの中にしまってあり、これを食べて命をつなぐのかと思ったが、その機会はこなかった。

食堂の別テーブルで食事をしている将校はドイツ大使館付きだったらしく、当時はゾルゲ事件が摘発されたあとで、そのことにふれて「おこったオット大使」という言葉が耳に入った。私は深入りをさけて、聞かないふりをした。士官たちが何を考えていたかはわからない。ナチス流の挨拶は、士官同士の間ではなかった。

もう一度私はドイツ語とかかわる機会があった。

三十年たって、ポーランドのクラクフに近いアウシュヴィッツ収容所をたずねたときのことである。ホテルが話をして、近所のポーランド人が自分の車を運転して私と家族とを収容所跡につれていってくれるという。戦時中十五歳くらいだった通訳は、ドイツ人の使い走りをさせられてドイツ語を覚えたという。私たちの会話はドイツ語によることになった。おそくまで案内してくれたので、御礼に夕食をともにしようと言ったが、彼は家に帰ると言った。終わりに、手書きで、今日は私の誕生日で、家の者が私を待っていますとあった。おそくまで残って案内してくれたのは、この凄惨な場所に来て、ともに考えてくれた日本人への感謝なのだということがわかった。

七　アメリカ　内と外から

暴風の夜

米国へは行きたくて行ったのではない。小学校・中学校ともに不良少年として失敗し、中学二年で退校、あとは学校に行かなくなった。国会議員である父は私を米国におくる道を考えた。

米国では、マサチューセッツ州コンコードのミドルセックス校におくられた。十二歳から二十歳までの百人足らずの全寮制の学校で、英語のできない外国人は私ひとりだった。

一九三八年九月二十日のことである。私は十五歳だった。暴風雨の日で、校庭に大木が何本も倒れ、自動車は校内を動くことができず、視界がさえぎられ、通行止めになっていた。寄宿舎の一室を教えられ、停電下、その部屋にひとりでこもっていた。

次の日になっても、学校の授業は始まらなかった。職員と上級生は、校庭に倒れている大木をとりのけるのにかりだされていた。

やがて授業は始まったが、この学校は外国人を受け入れたことがないので、私は何年生という区別をはずされ、英語を中心にどのクラスに入ってもいいことになった。それにしても不良少年だった罰が今ごろになってあたって、英語の授業はどのクラスに出てもわからない。テストでは白紙を出すばかりだった。

日本の中学校にいたころ、教師を怒らすために試験の時に白紙を出すことはあった。母が学校に呼び出され、母を困らせるという目的も達した。しかし今回は、ブーメランのように、白紙は私の手もとにかえってきた。日本にいるときには、愚者のふりをすることで元気が出た。ここではほんとの愚者だった。

自分でも泥縄式だとは思ったが、日本の中学生の受験用参考書として評価の高い小野圭次郎の「和英作文」を日本からとって、毎日朝早く例題をひとつひとつこなした。しかし、英語のクラスで割り当てられた教科書は、トマス・ペインの『人間の権利』で、私の知らない単語は一ページに十五語もあり、もうひとつのクラスの教科書、エドガー・アラン・ポー選集の「大渦巻」には、一ページに三十五語、知らない単語があった。これでは小野圭次郎と平行して走っても、授業に追いつくはずはない。

私は、来年大学に入るのは無理だと後見人に訴えた。すると後見人A・M・シュレジンガー(シニア)は、自分では外国語に苦しんだことがないから裁量できないが、自宅に来るように言い、指定された日に学校から離れたケムブリッジ市のシュレジンガー邸に行くと、かつて紹介された都留重人が先客として待っていた。

都留さんの意見は、英語は道具であり、それにこだわることはない、来年六月に大学の入学試験を受けろ、というものだった。

私は、自分よりすぐれた知性に屈する他なかった。

火星からの侵入

米国の予備校でのみじめな毎日がつづいた。私は全校生徒でただひとり、英語のわからない異物だった。

ある日、寄宿舎の洗面所でふたりの生徒が熱心に話していた。

「何事だ?」(そのくらいの英語は言えた。)

こいつに話してもわからないとひとりが言い、ゆっくり話せばわかる、ともうひとりが言った。彼の話から察すると、ラジオ放送で驚いた人びとが家を飛びだして、何人かがけがをしたということだった。

一九三八年十月三十日、声優オーソン・ウェルズの放送(もとはH・G・ウェルズのSF小説)によって起こった大混乱のことだと、あとからわかった。社会心理学者ハドリー・キャントリルが調査をして『火星からの侵入』と題して刊行し、評判になった。

ある晩、寝ているうちに、強い圧力がかかって自分の体がどんどん縮んでゆく。もうすこしで自分はなくなると思ったとたんにポンと音がして、もとのサイズに戻った。起きあがって電灯をつけると、眼の裏から金色の砂が止まらずに降って降り続き、降り終わると、もとのサイズの自分が部屋の中を普通に歩いているのがわかった。こんなことは、きいたことがない。部屋の外に出て、ほかの個室の生徒に話してみようか。いや、言葉の通じない変人と思われている上に、こんなことをたどたどしい英語で話したところで、通じるわけがない。むしろ便所に行って、便器の水の中に頭を突っこんだら、衝撃でなおるかもしれない。ベッドのわきを歩きまわっているうちに気が落ちついて、また寝入った。

つぎの朝、かろうじて身を起こして、服を着替えて教室に行くと、そこで倒れた。付属病棟につれてゆかれて熱を測ると、華氏百度を越していた。当時の北米では、風邪に薬を使わない。病室に寝かせたまま、二時間に一度オレンジジュースと水のどちらかを飲ませる。それをくりかえす。

数日のうちに熱は下がった。日本で子どもの時に食べた回復食とちがって、ポーチト・エッグなどを出され、のどを通りにくかった。

一週間ほどして教室に出てゆくと、英語がわかっていた。口をあけると、日本語が出ない。十五、六歳では、このくらいの異変は時に起こるらしい。

一九三九年六月のある日、ミドルセックス校に試験官がきて、大学共通入学試験を受けた。六月末に私は無試験で誰でも入れるハーヴァード大学夏期学校に籍を移した。ミドルセックス校の先生がおなじ夏期学校に修士号を取りにきていて、「おめでとう。合格したそうだね」と言った。私は、そんなはずはないと否定したが、念のために事務所で調べてもらうと、合格していた。

マイ・アメリカン・ファミリー

ミドルセックス校の学友のひとりチャールズ・ヤングの家で、学校も寮も閉じられる夏休みのあいだ私を預かってもいいという申し出があった。とりあえず、その家に夏休みの期間おいてもらい、さらにハーヴァード大学がはじまる秋からは、下宿人としてそこにとどまることになった。

チャールズ・ヤングは、私と同年。次の年にミドルセックスからハーヴァードに入り、この同じ家から大学にかよう。その兄ケネス・ヤングは私より四つ上で、すでにミドルセックスを卒業しハーヴァード大学政治学部の学生だった。ケネスは大学卒業後、ドイツから亡命した、ヒットラーの前の首相ブリューニングの助手となり、さらに後に国務省日本課長、極東局長、タイ国大使になる。この兄弟の下には高校生の妹ナンシーがおり、その三人の母親マリアン・ハント・ヤング、その母のハント夫人の五人家族に私が加わって、六人家族になった。

ここで「家族」というのはヤング夫人がつねに、「あなたは家族のひとり」と言っていたからで、家庭内で私を除いての内緒話はなかった。

アパート全体は、台所、食堂、風呂兼便所、ベッドルーム二室の五室からなり、そこに五人が住む。食堂は夕食がすむと片付けられて、隅に折りたたみ式のベッドが引きのばされる。そこには長男のケネスが眠る。

その食堂で、ケネスの知り合いの当代の論客マックス・ラーナーを招いてのお茶の会があり、部屋中がティーカップをもって立つお客でうまったことがあった。出されたお茶は中国産のオレンジ・ピーコー、お茶うけはヤング夫人手製のオレンジ入りパンだった。

ヤング夫人は会社社長だった夫と離婚し、保険の外交員として収入をえており、アパート内の自分たちの居住区を縮小して私を下宿人にとった。さらに一年後には、ここでのお茶会に呼ばれた東郷文彦(当時は本城姓)の申し出で、もっと大きいアパートに越して、彼も下宿人にとった。

しかし、この手狭のアパートでのお茶会を、私は今も思い出す。

それは一九二九年の株価暴落に見舞われたあとのアメリカで、裕福な階級の人びとが、その暮らしを切り詰めながら、人間としての品位を保つ年月だった。この家族の一員として十七歳からの数年を過ごしたことが、私を変えた。

この人びとは今ではみな亡くなったが、私にとっては、今も、アメリカン・ファミリーはいる。

日米開戦

一九四一年一二月七日、夕食をとりに大学のわきの食堂に行くと、客がまばらだった。誰も私に注目することもなく、いつものように私はピーマンの肉詰め（スタッフト・ペッパー）を食べて、倹約のため紅茶を飲まず、まっすぐ下宿に帰った。

それまで置いてもらっていたヤングさんの家では、長男のケネスが国務省の役人になってワシントンに呼ばれ、一家は、大学三年生の次男チャールズをケムブリッジ市に残してワシントンに移っていった。私は、秋からひとりでケムブリッジ市に下宿していた。そこは屋根裏部屋で、やってくる友人はいなかった。

ところがその日、屋根裏まで戻ると、私の部屋にだれかがいる気配がした。入ってみると、ミドルセックス校以来三年間つきあいのあるチャールズ・ヤングが、ひとりで椅子にすわっていた。

彼は立ちあがって私を迎えた。

「戦争がはじまった。これからお互いを憎むことになるだろうが、私たちがそれを越えることを望みたい。」

私のほうには、彼に対する憎しみが湧いてこなかった。その後の戦中の四年間、彼に対する憎しみが私の中に湧いてくることはなかった。そのときから、彼が亡くなった現在まで、彼に対してなつかしい思い出だけがある。それが私の日米戦争だ。

戦争のあと彼はしばらく先生をし、またしばらく社長をして、やがて妻を失った。その時、手紙をくれた。「住み慣れた家を去るときがきた。アニス(彼の妻)はいない。人生はすばらしい。」

妻はいない、というおちこんだ語調から切れめなしに、「ライフ・イズ・ワンダフル」へ移る、その移行に、ひきこまれた。

その突然の心情の流露が彼のものだった。

その後ただ一度、彼に会った。

兄のケネスには、日米戦争のあと何度か会っており、その兄から、ヴェトナム反戦をふくめて私が何をしているかを、チャールズはきいていた。クリスマスには日本から米国にお互いの消息をしらせる電話をかける習慣になっていたが、そういう時、いつも母親のヤング夫人は、お金がかかるから長く話さないで、とこまかい注意を忘れなかった。

私がカナダの大学で一年間教えていた時、クリスマスの電話をかけると、すぐそばだから国境を越えてワシントンまで会いに来て、とヤング夫人が言う。USAには行けないと答えると、それなら自分がそちらに行くと言う。九十歳の彼女が本当に来るのかと思ったが、言葉通り、私のいるモントリオールまでチャールズといっしょにやってきて、私たちの住むアパートで、夕食を共にすることができた。私の妻と息子に会えたことを、彼女はとても喜んだ。

体験から読み直す

ミドルセックス校に定住してから半年、ともかくも大学入試を受けることにして、課目を英語（これが難関。英文学と読みかえるほうが実態に近い）、近代欧米史の二課目とした。そこで米国史だけ、後見人シュレジンガー（シニア）に相談すると、三冊推薦してくれた。一つは彼自身の著書『米国社会精神史』、二つめは彼の師チャールズ・A・ビアードの大冊『アメリカ文明』、三つめは、近年広く読まれているジェイムズ・トルズロー・アダムズ著『アメリカという叙事詩』だった。それにミドルセックス校で教科書として使っていたマジー著『米国史』とカール・ベッカー著『近代ヨーロッパ史』を加えると、入試の一課目のための準備は五冊となる。いずれも、日本の本としてとらえると、千ページを越える大冊である。教科書として読んでいても、私にはベッカーのヨーロッパ史はおもしろかった。

これらの本の叙述が私にとってくつがえされたのは、二十六年後と三十五年後の二度である。最初は、戦後に日本でヴェトナム戦争反対の運動で米軍からの脱走兵を助けたことによる。

そのとき、べ平連代表の小田実が米国に行ってふたりの米国人と来日を約束してきた。ひとりは白人、もうひとりは黒人で、ふたりとも学生非暴力調整委員会（SNCC「スニック」）の役員だった。

この運動の歴史を読んで、私は、一九三九年にミドルセックス校で読んだ、黒人は一八六五年の南北戦争の終わりで選挙権を与えられた、というのが事実でないことを知った。米国に住む白人とおなじく、選挙の権利を与えられはした。しかし行使することは妨げられた。特に南部においては。南部では、投票所に行こうとする黒人はKKKなどの白人グループにかこまれ、それを排して行こうとすれば首つりの私刑にあった。

それを集団の行動によって突破したのが、フリーダム・ライド（バスの中で白人・黒人を分ける場所指定に従わない行動）の実践で、やがて学生非暴力調整委員会の運動に移行する。小田実はこの会のふたりを呼んで、北海道から沖縄まで、日本を縦断するティーチ・インをおこなった。白人はハワード・ジン（二〇一〇年一月死去）、黒人はラルフ・フェザーストーン。フェザーストーンは沖縄の集会で、そこに集まった現地の人びとの反応から、日本は沖縄と沖縄以外に分断されているという感想を持ち帰った。

ティーチ・インが京都であった夜、ジンは檀王法林寺に泊まり、フェザーストーンは私の家に泊まった。彼は、米国に帰ってから、乗っていた自動車を爆破されて殺された。一九七〇年三月九日。

米国での受験勉強を修正したもうひとつのことについては次に書く。

岩の上の読みきかせ

ヨーロッパを旅行する途中、思いたってアイスランドに行った。昼食でおなじテーブルになった初老のイギリス人が、やはり来てみたかったので来たと言っていた。彼は眼のがんの専門家で、その学会が近くであり、ここまで足を伸ばしたのだそうだ。

もうひとつ記憶に残るのは、つぎの日の昼食に入った小さい食堂である。十三、四歳くらいの少女が出てきた。ほかに誰もいないらしい。私は、アイスランド語を知らない。対話が成立しない。やがて、少女は奥に入って、大きな魚をもってきた。それを炒めてもらうことにして、妻、息子、私の三人の食事を終えて、宿に戻った。帰る途中、外から見えるところで、社長らしい女性が社員の若い男性たちと会議を開いているのを見かけた。アイスランドは人口三十万人。人手が足りないので、社長や大統領に女性がなることは普通である。首相官邸を見たが、普通の家で、火山の爆発などがあると、首相みずから出動して状況を見る。全島に被害が及ぶとなると、デンマークとの取り決めにより、全人口をデンマークに受け入れてもらう約束になっている。

魚はここでの主な食糧で、イギリスとのあいだにタラ戦争(一九五八―七六年)というものが起こった。ゲイシールという間歇温泉が噴き出し、地下の温水を利用して温室で野菜を栽培し、トマトができたときには、この歴史的事件を祝って記念切手が出た。大木はなく、灌木がまばらに生えていて、白夜には人類史の終わりのようなおちついた風景が現れる。

ここには、昔、人はいなかった。ノルウェイから政治上の少数派が追い出されて住みつき、彼らは互いに反目して、源平合戦のような叙事詩を残した。アイスランド・サガである。これら有力な部族の戦いの中から、やがて協定が生まれ、シンクヴェトリルという岩のねじれの上で、長い夏の日に大会議を開き、憲法を読みあげて、少しずつ承認して、アイスランド共和国をつくった。彼らが自分たちの国を建てたのは九三〇年のことである。七十年前に私がミドルセックス校で習った近代史には、そのことが語られていなかった。イギリスの圧政を逃れて、新大陸アメリカに向かう新教徒が、こういう社会をつくろうと、船の中で相談してできたのが、「メイフラワー号の約束」という白人建国の物語である。それはやがて、一七七六年七月四日、米国フィラデルフィアでの大陸会議で承認されたジェファソン筆の独立宣言、その後引き続いて米国憲法制定につながる。アイスランドの憲法制定はそれより八百年前のことである。アイスランドはその後併合されたが、一九四四年に完全独立を達成した。

子のたまわく

中国系の移民は米国内の大都市にそれぞれチャイナ・タウンをつくり、中華料理のレストランを営んでいる。英語に巧みな中国人も多いが、ほとんどの人は英文法になじまず、三人称単数現在の使い方ができない。そこから『論語』をなぞって、「Confucius say」(子のたまわく)などというこっけいな英語コラムまで大衆紙に登場した。さらに「孔子夫人のたまわく、私の夫は酒を飲み過ぎます」(Confucius' wife say my husband drink too much)などという冗談まで生まれた。

そのころ大学町を歩いていたとき、見知らぬ初老の男が近づいてきて「クリスマスには約束があるか」ときく。ないと答えると、それではコネチカット州にある私の家に泊まりにきてくれ、迎えにくる、と言う。

彼は私立小学校の校長で、学校はクリスマス休みに入って閑散としていた。自分で私の食事をつくってくれ、自分が招待されている近所のパーティーには、私をつれていってくれた。

彼には、私を招く理由があった。哲学が趣味で、あれこれ古典を読んでみたが、世界の四大哲人とされている中で、孔子がどう考えてもプラトンやアリストテレスと並ぶ哲学者とは思えない。君はどう思うか、というのだった。

私はハーヴァード大学哲学科に入ったばかりで、まさにプラトンやアリストテレスを読む日常だった。

私には答えられなかった。八十六歳の今なら答えられる。

「あなたは、モンテーニュをどう思いますか」

と、問いによって問いに答える方法である。

もし彼が、モンテーニュなどは西洋哲学史においてさえたいした哲学者ではない、と答えるならば、問答はそこで終わる。彼が別の答えを出すならば、問答はそこから新しくはじまる。その探求は、彼にとって西洋哲学史の問い直しへの道をひらくだろう。

昨年、私の妻の甥にあたる横山順一から宇宙の起源についての本を送られ、終わりまで読んだ。小学校の理科しか知らない私が、この本を物理学として理解できるわけはない。この本は、物理学上の観察から推理して、ガモフのビッグ・バンに宇宙のはじまりがあるという考え方に、現在では疑いがもたれており、むしろなんらかの有がはじまりにあったと考えられているという。

この本を終わりまで読み通せたのは、私の中で子どもの頃読んだ荘子、老子、司馬遷が受け皿として働いたからである。さらに読みの理論として、『図書』に連載された中井久夫の、小説はなぜ読めるのかについての感想が支えとなった。中井によれば、明治以来の日本人が西欧の小説を読めたのは、いいかげんに読んでいたからでしょう、ということである。

メキシコから米国を見る

小学校一年生のときからの友人永井道雄は、互いに老年期に入ってからも、なにかと私に便宜をはかってくれた。そのうち実現したのがメキシコ行きである。この時初めて、私にとって、米国の外のアメリカから米国を見る機会が生まれた。

私はメキシコを知らず、日本の旅行社の紹介でメキシコ市のホテルを予約した。有名ホテルだったが、エレベーター・ボーイの態度はよそよそしく、むしろ敵意をもっているように感じられた。私は、勤め先の大学からすすめられた、大学近くのホテルに移った。

一年近い滞在中、習い憶えたわずかのスペイン語で話しかけると、にこやかに迎えてくれ、こちらとしては楽に使える英語で話しかけると、かえってだまされることが多いのに気がついた。

私の親しい紙芝居の仕掛け人、加太こうじがメキシコに来た。彼といっしょに、ヴァイオリニストの黒沼ユリ子の住む中部のウエフットラを訪ねたときのこと。市《いち》がたつというので出かけた。やがて、加太こうじが困って私を呼びに来た。

「指を出して値段をきくのだが、三本出してもそうじゃないという。四本出してもダメ、五本出してもダメというし、どういうのだろう。」

私がかわってスペイン語でたずねると、「ウン・ペソ」、つまり、一ペソという。買おうとしたのは素焼きの壺で、日本の金になおすと二十五円である。

ここは山の中で、市はお互いの産物の交換のために開かれる。実用の目的で、かけひきはない。メキシコ人は嘘つきで値段をつりあげるというのは、米国からの観光客がメキシコ市などの大都会のメキシコ人相手に英語で話しかけて、にがい目にあったことから生じた伝説だ。

さかのぼれば、十六世紀にコルテスのひきいるスペイン軍がアステカ王を訪れて御馳走にあずかった上で、メキシコ人を大量虐殺したことにはじまる。

ペルーでも同じようなことがおこった。ピサロによる虐殺である。米国の歴史家プレスコットはこれに憤りを感じて、『ペルーの征服』を書いた。プレスコットと同じく米国人にも公正な人はいた。米国は隣国メキシコの弱みにつけこみ、メキシコの国土の半分近い土地を奪った。一八四六年、ソローは自国のやりかたに抗議して、その年の税金を払わないことにし、投獄された。師のエマスンが牢獄をたずねて、

「そんなところにいて、はずかしくないのか」

と言うと、ソローは、

「あなたは、この外にいて、はずかしくないのか」

と問い返したという。

古代の王国

声を出して、子どもに絵本を読んできかせることは、人生をもう一度生きることである。『はしれ　きしゃ　きしゃ』からはじまって数年後に水木しげるの『河童の三平』全四巻

までき た時、私は自分自身の人生の戸口にふたたび立っていることを感じた。

子どもが眠るまで何度も読む。そのうち子どもは全部をおぼえてしまう。保育園に迎えに行くと、なかなか子どもが降りてこない。部屋まで上がって入口から見ると、三歳児が二人残っていて、私の息子がもうひとりの子どもに絵本を読んでやっていた。二人とも字は読めない。私の息子のほうは絵を見て何か心に浮かぶらしく、その心に浮かぶ筋書きを即興的に読んでいる様子で、相手の子は読まれるせりふを辛抱強く聞いていた。

そのうち岡部伊都子さんが、子どもを一晩あずかりたいと言ってきた。子どもは行くと言う。当日、彼は『河童の三平』をもって岡部さんの家に泊まり、その本を読んであげた。もとよりその本を全部暗唱していて、絵をめくるそばから、そらで言えた。

ここにあらわれる神も特別であり、動物と人間との関係も特別である。

河原三平は、父親が行方知れずになり、祖父に育てられている。ある日、死神が祖父を迎えに来た。いちはやくその訪れを知った三平(小学生)は、たくらみをめぐらして彼を納屋に閉じこめる。死神は、腹がへってモグラを食べたのがたたって、下痢便をもらしてしまう。納屋中が臭くなったところに、下校が遅れた罰として、祖父に縛られた三平が投げこまれる。

三平「こんなところに一日もいたら、はながもげちゃう。おれのはながもげたらおまえのせいだぞ。」

祖父は三平を許してやろうと納屋から出すと、死神もいっしょに出てきて、祖父をつれてゆく。ひとりになった三平は、そこに住みついた河童と一緒に暮らし、やがて母親も戻ってきて、三平と河童は一日おきに小学校に行くことになる。

まだまだおもしろくなるのだが、ここに引いたわけは、メキシコでパレンケ遺跡のピラミッドに入ったとき、地下深くに降りてゆく途中、前にここにきたことがあると感じたからだ。それは、水底にある河童の王国の風景だった。

古代世界は、地球のさまざまなところに、それぞれ独自の、しかも共通したところのある生活風景をもっていただろう。作者水木しげるは、生まれ育った境港に、また、戦中に送られた太平洋上のラバウル島に、そういう経験をもっていた。生きのびて戦後に紙芝居作家になってから、国境を越えたその世界の経験に帰っていったのだ。

対話をかわす場所

私のつきあった人のおおかたはなくなった。あまり人とつきあわずに家にこもって暮らしていると、古代キリスト教の神学に出てくるリンボに自分が座っているように感じる。キリスト教信者にならないと地獄におちる。「では、キリスト教があらわれるまでに生きてきた人はどうなるのですか。」

この質問に古代キリスト教の宣教師は、こまったにちがいない。「そういう時代にも、正しい人はいたと思うのですが。」

そこでリンボという場所を考えた。キリスト教徒として幼児洗礼を受けないうちに死んでしまった赤ん坊はどうなるのか。その子たちも、リンボに入る。

もっと時代が降って中世も末期になると、パラケルススは別の矛盾に気がつく。文字通りキリスト教を信じる人は天国には入れない。なぜなら、善い行いをすると、その人はそれによって自分が天国に行く可能性を高めるが、そうなると、善い行いをすることは天国に行くための功利的な行いと区別できない行為になってしまう。意識を通さない偶然の善行だけが、その人に開かれた天国への道である。パラケルススはリンボの話をしていないが、キリスト教に出会ったことのある人びとにとって、リンボは人が人に出会う大きな場所を用意する。

私は今まで会った人とくりかえし会う場所を求めている。それは丸山真男の言葉ではタコツボであるが、私は、彼のように否定的には捉えない。

河合隼雄は亡くなったが、私はこれからもくりかえし会って、その話をききたい。

いつかテレビで、彼が北米大陸の断崖のようなところで、居留地に住む原住民の長老の笛に、自分のフルートを合わせている場面を見た。言葉を越えた対話がそこにあった。

その境地をおそらく、文化庁長官としての河合は自分の心に残していた。だから、政府の高官になっても、ウソツキクラブ会長という、自分が自分に与えた肩書をはずすことはなかった。日本の文化を、そのように他の文化とつきあい、まじりあう場として保つ工夫が、彼には残っていた。

今北米の居留地に囲いこまれて暮らしている人びとはもともとアフリカからヨーロッパ、

そしてアジアを通ってアメリカ大陸に達した人びとで、途中で道が枝分かれして日本に住みついた人の祖先もその中にいただろう。そう信じて米国に住む人びとはいる。

国家群としての世界の中で

カナダ東部のマッギル大学で教えていた一九八一年、学生が訪ねてきて、居留地に行かないかと誘った。彼は白人で、居留地から奨学金をもらってこの大学の法学部で勉強しているという。

十二月九日、零下二十度の寒さの中を、ファヌーフというこの学生の運転するヴォルヴォで、ファイヴ・ポイントという居留地に向かった。やがて族長のフランシス・ローレンスが参謀二人をつれてやってきた。参謀のひとりはベンジャミン・フランクリン、もうひとりはナポレオン・ボナパルトと言う。冗談ではなく、一族は歴史上のこの二つの名前に敬意を持っている。

カナダと米国それぞれの領域では「居留地」だが、自分はここを自分たちの国家と思っており、やがてカナダ、米国それぞれの国家と対等の位置を占めるようにしたい。そのために奨学金制度をつくってカナダの大学に学生を送り、法律を学んでもらっているという。自分は元拳闘選手だったが、長老の女性たちの眼鏡にかない族長に選ばれた。自分のしたことは、この国に学校をつくりモーホークの言語を復活したことで、そこから民族の誇りを育てている。

米国史上のフランクリンは、モーホークの政治制度に興味を持ち、米国公使として赴いたフランスでモーホークについての情報を伝えて、フランス大革命がおこる種をまいた。これは、この居留地の中で教えられ、信じられている伝説である。

これと反対の実例に、カナダ滞在中に出会った。

私の妻が学生のころ米国で知りあった友人に布施豊正がいる。米国の大学で教えていたが、ヴェトナム戦争反対で迫害され、一家でカナダのトロントに移り住んで今日に至っている。私と私の息子にとっても長年の親しい友人である。

クリスマス休暇で彼の家に泊まっているときに、遠くから元在日朝鮮人のキムさんが訪ねてきた。彼は京都大学出身で、一家でカナダに移住した。近ごろ眼が悪くなり、やがて失明するという。日本語を話したくて、娘の運転で布施さんを訪ねてきた。

カナダでの仕事は荷物の運搬だが、こちらにきてよかったという。日本にいれば生涯にわたって差別をうける。自分の娘も息子も、それから逃れられない。いま、娘は最高優等賞で大学を卒業し、息子も優等生として高校に通っている。これからも差別を受けずに暮らすことができるだろう。しかし、彼の最も自由に話すことのできるのは日本語であり、それを使って人生について話しあいたくて、ここにやってきたのだった。

世界は国家にわかれ、国家群となっている。その中に族長としてフランシス・ローレンスがおり、キムさんたちがいるのだ。

もてあそばれた人間

『二重被爆』というドキュメンタリーを見た。一九四五年八月六日、出張先の広島で原爆を受け、家のある長崎に仲間三人で戻り、八月九日、そこでふたたび原爆を受けた。岩永章は、そのことを振り返って、「もてあそばれたような気がする」と言う。

山形ドキュメンタリー映画祭に行くときに、前もって東京で、米国人の映画研究家マーク・ノーネスと一緒に、原爆についての最初の映画を見ることができた。これは広島への原爆投下直後に米国側が効果を測定するためにつくったもので、広島市街の建築物の状況が映っていた。爆発がどの高度で起こったかを知るための軍事用語が繰りかえされ、商業用として見せるための映画ではなかった。終わると、とってつけたように、やがて平和のために用いられるようであってほしいとわれわれは望み、そう信じている、という台詞が入り、それを話しているのは占領軍の役人だろう。そのちぐはぐさが今も心に残っている。それから不思議な音響が鳴り響く。R・シュトラウスの「ツァラトゥストラはかく語りき」だった。ノーネスの解説によると、占領軍の制作担当者はNHKに行き、保有されていた交響楽のレコードの中から、この曲を選んだのだろうということだった。

映画祭は戦中につくられた日米のドキュメンタリー映画を両方見る企画で、ノーネスは、亀井文夫制作の『戦ふ兵隊』と『上海』とを、米国側制作の諸作品を越えるすぐれたものとした。たしかに『戦ふ兵隊』には、日本兵の疲れ果てた表情がよく映されており、『上海』には逃げまどう中国人の老女ひとりひとりの表情がとらえられている。

敗戦後の年月に私は日米両方の戦史を読んで、米国側が日本に原爆を投下した事情を知ろうとした。第一次世界大戦についてのリデル＝ハートの本に感銘を受け、さらに第二次世界大戦史を読んで、トルーマン大統領直属の幕僚長リーハイ海軍大将（後に元帥）が原爆投下に反対したという記述に心を留めた。ハーバート・フェイスの著書から、米国大統領は、戦争末期に日本には連合艦隊がすでになく、兵器工場の被害から見て兵器の補充ができないことを見きわめていたことも明らかだった。

またC・P・スノウの名著『科学と政府 *Science and Government*』によって、イギリス政府への科学者の助言がいかに系統性を欠くものであったかを知り、彼の小説『新しい人間たち』で、イギリス人科学者が死を前にして、長崎に二発目の原子爆弾が落とされたという事実を知り、怒りが爆発する場面を読んだ。

「もてあそばれたような気がする」と言った岩永章は、二発もっているから二発とも使うという米国の事情を探りあてていたと思う。科学が国家と結んで人間をもてあそぶ時代の幕開けだった。

書ききれなかったこと——結びにかえて

一

二〇〇八年十一月、米国大統領にバラク・オバマが選ばれた。

自宅のテレビで見ていると、何十万人ものアメリカ人がオバマのまわりに集まって、ひとりひとりの頰に、涙が伝って流れている。テレビを見ている私もおなじ何十万人のひとりだった。私の中に、アメリカがある。そのことをかくそうと思わない。

日米戦争が終わって六十四年。私は米国の領土に足を踏み入れないで来た。それを心の底で支えたものは、アメリカに対する私のつながりだ。

二

米国は若い国なので、ここからすぐれた歴史家はまだ出ていない。私が読んだかぎりでは、F・O・マシースンの『アメリカの文芸復興期』に感銘を受けた。一八五一年から一八五五年までのわずか五年間に、エマスン、ソロー、ホーソーン、メルヴィル、ホイットマンのヨーロッパから独立した性格をもつ作品が生まれる物語で、ホイットマンを別にして、それらが、人口三千のコンコードの町の近辺から現れた。私の米国滞在の終わりに近い一九四一年の出版だった。

コンコードは、私が英語をおぼえたミドルセックス校のあるところで、土、日の休日に町まで半時間ほどかけて歩いた。旧エマスン家、旧ホーソーン家のたたずまいは、今も眼に残っている。

マシースンは、ハーヴァード大学の英文科の教授であり、中国支援のためのジョン・J・リード公開講座を起こした人のひとりだった。戦後の赤狩りの中で、同性愛の傾向を追いつめられて自殺した。彼の寄付によって、スターリン主義とかかわりをもたないポール・スウィージーの『マンスリー・レヴュー』誌は発行された。

歴史家の仕事は、学術としてすぐれているだけでなく、読んで情熱を感じるものでないと、偉大な作品とは言えない。司馬遷の『史記』はそういう作品であり、小なりとはいえ、マシースンの『アメリカの文芸復興期』もそういう作品だと、この仕事に出会ってから七十年近くたった今、そう思う。

私の今住んでいる京都の岩倉に、『塔』という短歌雑誌の発行所があり、この結社の栗木京子という人のつくった歌で、アメリカに戦後はあるかという問いかけに出会った。日本文学には戦後があった。それとおなじように米国の文学に戦後はあるか。

一九一七年、米国が世界戦争に踏みこんだとき、大学卒業後すぐこの戦争に兵士として参加し、何人かは、はじめて米国外の世界と、不本意なしかたで相い触れた。E・E・カミングズ『大いなる部屋』、ドス・パソス『U・S・A』、アーネスト・ヘミングウェイ『武器よさらば』は、アメリカ文学にこれまでなかった世界をもたらした。それらと肩を並べる作品は、第二次世界大戦後の米国にはない。世界をひっぱる主役となった米国には、ひっぱられる世界の側から世界を見る力を身につけることができない。

大岡昇平は『俘虜記』(創元社、一九四九年)以後の戦記の連作を書いてから、土地の人の立場に立っておなじ戦争を見ていなかったことに気がつき、せめて文献目録でもと思い立って、『レイテ戦記』を書き、ここに、この本で多少とも価値のあるものは文献目録だろうという述懐を残した。かつて中国本土を戦場にした日露戦争では、「庭に一本《ひともと》なつめの木/弾丸跡もいちじるく/崩れ残れる民屋に/今ぞ相見る二将軍」という小学唱歌に、戦場になった土地への言及をわずかに示すにとどまった。これに対して大岡は、大戦後フィリピン人に残された水牛の減少(これは日本軍だけでなく米軍にも原因がある)を統計として戦記に残した。ここに半世紀をへた日本文学のかわりようがあり、重大なものだと私は感じる。国会には、おなじかわりようを私は見ない。

三

大学の講義目録をくりかえし読んだ。落第しそうな講義は避けたが、とった中で、カール・ヨーキム・フリードリッヒの政治学は心に残った。彼は、本は買えという。自分のものにして線を引き、感想を書きこむことによって、その本は自分のものになるのだという。しかし、彼の代表作『アルトゥージアス』は大きくて、書店で手に入るものではなく、図書館に通ってそこで読むほかなかった。君民共治論によって、ヨーロッパ古代と中世の絶対君主制に異論を立てた人である。

フリードリッヒはアルトゥジウス(一五五七―一六三八)を、当時米国で流行していたウォルター・リップマンやマックス・ラーナーよりも深い洞察とみていた。そして、民主主義を支える柱はなにかという段に進み、この柱として普通人《コモン・マン》をあげる。普通人は、まちがうこともあるが、長い年月をかけて持続する状態で見ると、まちがわない。このことは、ドイツに生まれて、一九三九年現在、ナチスの支配を逃れて米国にきて、ハーヴァード大学で講義をしている彼が言うと、その確信が伝わる。この考え方は私に根を下ろして、今も私の中にある。

一九四五年八月、米国大統領は、すでに日本が戦力を失っていることを高度航空撮影で知りながら、もっている二発の原子爆弾を、幕僚長の反対を押しきって日本に落とした。

このことについて、日本の普通人と米国の普通人は、どういう会話をかわすか。

実際にその爆弾を落としたアメリカ人の男は、テレビで見ると、「真珠湾の奇襲」と言い、それですむと思っている。

日本人はなんと言うか。

『二重被爆』というドキュメンタリーの中で、広島で原爆を受け、その後、故郷の長崎に戻って、そこで二発目の原爆を受けた岩永章は、六十年後にふりかえって、

「もてあそばれたような気がする」

と言う。

現在の米国大統領バラク・オバマはなんと言うか。

四

一九三九年の日本の海軍機関学校には首席で卒業した人を米国のマサチューセッツ工科大学に送るならわしがあった。首席卒業の海軍少佐は、ケムブリッジ市に下宿をかまえ、その隣の部屋に東大法学部首席卒業の外務省在外研究員が住むことになった。夕食の時に、少佐は英語不自由の鬱憤ばらしで、すべての米国人はおろかものだ、と大声を張りあげる。酒を共にしている外務省在外研究員は、勉強にきたのに、これでは時間がとれないと悩んでいた。やがて、私の置いてもらっているヤングさんの家のお茶会に呼ばれて、この家に自分を置いてもらいたいから、もっと大きいアパートに移ってくれないかと、主婦に持ちかけた。

ヤング一家は別のアパートに移り、外務省在外研究員は私の隣に部屋を与えられた。戦後日本のアメリカ大使、東郷文彦である。彼は二十四歳、私より七歳年上だった。ハーヴァード大学の院生としてリッタワー・センターで、シュンペーター、レオンティエフの講義を受けたのだから、彼にとって毎日が勉強だっただろう。酒を飲むことは前の下宿のときとかわりなく、勉強が一段落すると、オールド・パーの瓶持参で私の部屋にやってきてひとりで飲み、明日は何時に起こしてくれと言い置いて引き上げた。私にとっては、生涯にわたって、これが、酒飲みとのつきあいの定型となった。都留重人、多田道太郎、安田武、どの人とも、相手がひとりで飲み、私は飲まないで話をしていた。この人たちは、私の生涯でもっとも親しい友人である。

話を短くして、ヤング一家が次男チャールズを残してワシントン首都地区に移ってから、東郷は私と自炊生活をしようと言ってきた。時すでにおそく、私は学校の始まる前に、一週七ドルの安い屋根裏部屋を見つけて、借りる約束をしていた。一度決めた約束をくつがえすのはむずかしい。あきらめざるを得なかった。

もしもこのとき東郷との自炊が成立していたとするなら、イヨネスコの「禿の女歌手」のような不条理劇があらわれたかもしれない。私に自炊のパートナーなどつとまるはずはない。

しかし、東郷とのあいだにロマンティックな思い出は多い。コンコードの近くのウォルデン池に行って、ソローのひとり暮らしの廃屋の前でふたりで立っている写真など。あれはどこに行ったのか。

飲んべえの東郷は給料を飲んでしまって、私の預金(大学卒業までの学費)から東郷に金をまわすことにして、彼の所有する自動車フォードを私の所有に移す文書を書いたり、彼が運転手をつとめる私の車で、私の姉のいるヴァッサー女子大学まで、夜を通して長い道のりをドライブしたり。そこで東郷はハンガリー人の女性と親しくなり、その女性は日米開戦後も、東郷のいないハーヴァード大学に私を訪ねてくるくらいに本気だった。

その後、日米交換船で日本に戻ってから、東郷は昇進して外務審議官、外務次官、アメリカ大使になった。あるとき、彼は息子を通して、会いたいと言ってきた。交際の絶えた長い年月を通して、わたしにも、あたたかい気持ちは残っていた。行くと返事をしたが、しばらくして新聞で彼の死を知った。

葬儀に行った。私が葬儀場に入るとすぐ、シャッターが降りた。弔辞は、東郷さんとのおつきあいはこの数年のことですが、というものが多く、偉くなるというのはこういうことだなと思った。時を経て私は青山墓地に行き、彼の墓に私なりの挨拶をした。

五

下宿させてもらっていたヤング一家とのつきあいは、絶えることなく続いた。長男のケネス・ヤングは、米国国務省の日本課長、極東局長、タイ国大使となり、ケネディ大統領暗殺後は、会社の役員となって、米国と国交の絶えていた中国に対して交渉に入れと主張する本を書いた。

日米戦争の終わりから数年たって、私は東京から京都に移った。電話番号を調べる便宜を占領軍はもっていたのだろう。私の下宿に電話がかかってきた。ケネス・ヤングからだった。伊丹空港についたという。どうして大阪に、とたずねると、君に会いにきたという。もう午後八時を過ぎていた。夕食はすんだかときくと、まだ食べていないという返事だった。そのとき私は京大で、桑原武夫から、祇園に行けば何時でも飯が食えるときいたことがあるのを思い出した。祇園に直行し、一力の隣のまた隣のお茶屋に入り、世話になったアメリカ人をもてなしたいのだが、一見《いちげん》の客でもあげてくれるか、ときいた。よろしいという返事だった。そのころ占領軍に接収されていた京都ホテルに行って、そこに着いているケネスをつれて、祇園に戻り、夕食、舞妓の踊り、「こんぴらふねふね」という遊びを芸妓、舞妓、仲居に教えてもらい、一夕を共にすることができた。

明日はどうするのかときくと、桂離宮に行くという。ここも祇園とおなじく、私は入ったことがない。入れるのかときくと、大丈夫だという。翌日、ふたたび京都ホテルに行き、タクシーで桂離宮に行った。彼がなにか証明書を見せると、門が開いた。彼は私にこまごまとした事情を話さなかったが、米国代表の資格で朝鮮まできた、その帰りだった。

その後、彼が政府から離れてからも、何年かをへだてて私の家(あばら屋)にきた。

今、なにをしているか、ときくから、ヴェトナム戦争に反対する運動をしている。戦争から離脱した米軍兵士を助ける仕事をしている、と答えた。彼は、おどろきもしないし、当然のことだが、私を密告することもしなかった。

最後に訪ねてきたとき、別れぎわに、今度くるときには米国の中国大使になっているだろうと言うと、彼の答えは、「アメリカを低く評価している君にそんなことを言われても、うれしくはないよ」というものだった。これが彼との最後のやりとりになった。

東郷とのつきあいは、長くとだえていた。それとちがって、つきあいがケネス・ヤングと私のあいだに続いたのは、日本社会では身分がつきあいの底にあり、それが避けられないということだ。アメリカ化した六十四年後の日本に、このことが今もあるのは残念だ。アメリカ人とのあいだには、自分の身分を越えて、友人のつきあいはかわらない。それとも、米国内でも、つきあいのかたちは、もうかわっているのか。

六

日本に戻ってきた二十歳の私は、麻布区の在郷軍人会に呼ばれた。そこにはおなじく二十歳になったばかりの近所の青年が集まっていた。退役した軍曹が会合を指揮していて、彼の号令がかかる少し前、ばらばらにいるあいだの会話が耳に入った。

「戦争なんて、殺し合いだろう。そんなのに行くのはいやだな。」

「そんなこと言うな。きかれるぞ。」

こういう本音を保っている人はまだ、この日本にいるのか。

「集まれ」の号令がかかり、銃をわたされ、地に伏してかまえよと言われた。言われるとおりにすると、私は蹴飛ばされた。眼を両方あいているというのだ。私は中学校の二年生まで行っている。そのあいだ毎週、軍事教練があり、地に伏して銃をかまえるとき、片眼をつぶることは知っていたが、その後六年のあいだに完全に忘れていた。

こんなふうに、日常の動作から自分を日本国民につくりかえてゆかねばならなかった。

隣組の補充兵点呼できいた会話は耳に残った。こういう普通人とドイツの普通人——後に乗った封鎖突破船のドイツ人給仕(一八一頁)——の架空の会話が、私の心の一隅に住み続けた。ふたつの原爆を受けた岩永章の言葉の隣に置くと、世界の普通人の共和国になる。国家の命令に無条件で忠誠をもって対するのとは別の流れだ。米国の連邦警察につかまった時の私の信条は、その架空の共和国につながる。それから六十七年たって、今も私の中にある無政府主義は、それだけのものだ。

日米交換船に乗るかときかれたとき、乗ると答えたのは、日本国家に対する忠誠心からではない。なにか底に、別のものがあった。国家に対する無条件の忠誠を誓わずに生きる自分を、国家の中に置く望み。

七

一九五〇年代から、キツネにばかされる日本人はいなくなった。これは進歩か、と哲学者内山節は、問う。大陸から仏教がこの島に伝わったとき、年月をかけて本地垂迹説があらわれ、山川草木悉皆成仏の基本が村の信仰となり、キツネはその一部である。そのキツネにばかされなくなるのは、それまでの信仰が消えたことだという。この説に私は感動した。

この同じ人が、『図書』の二〇〇九年六月号に「挫折と危機のなかで」という文章を書いて、つぎのように言う。

ところが歴史のない国、正確には先住民の歴史の抹殺の上につくられた開拓民の国アメリカでは、「金儲けの楽しさ」は妨げるものをもたずに展開していくことになる。トクヴィル的に述べれば、自分の富の増大と地位の向上をめざすことが人間の使命だというような精神が社会を覆っていったのである。そしてそのアメリカが世界の経済、政治、軍事の中心に座ったとき、伝統的なものと奥の方で結ばれているそれぞれの社会の抵抗する精神は、その力を弱体化させていった。

こうした傾向に、新しい大統領オバマは、自分の国で歯止めをかけられるだろうか。フランクリン・ローズヴェルトでさえ、ニュー・ディールで米国を安定させるのに、日米戦争を必要とした。オバマは、米国を、建国以後しばらくはそうだった、「戦争しないでやってゆける国」(寺島実郎)に戻せるだろうか。

べ平連は非暴力抵抗の運動だった。しかし、自分たちの中にヴェトコンに対する共感があった。ふりかえると、ヴェトコンは、アメリカ独立の口火となったコンコードのミニッツマン(州兵)の戦いとおなじ性質をもつ。ヴェトナムの抵抗を指導したホーチミンが、一九四五年九月二日のヴェトナム独立宣言でアメリカ独立宣言を引用したこととあわせて、ヴェトナム戦争は、アメリカがアメリカと戦って敗れた戦争である。このことをアメリカ国民が理解するのはいつか。

あとがき

この連載を、書くごとに、少しずつ書き直す機会をつくっていただいた人たちの助けを得て、ようやく終わりまで漕ぎつけました。

田村武、椿野洋美、横山貞子、そして『図書』編集長富田武子のみなさんに、お礼を申します。

みじかい文章とはいえ、七年続けて書くのは、八十七歳の私にとってはじめてのことでした。

二〇一〇年二月五日

鶴見俊輔

【初出】『図書』「一月一話」(二〇〇三年一月号〜二〇〇九年十二月号)

鶴見俊輔

1922-2015年．ハーヴァード大学哲学科卒．
著書に『戦時期日本の精神史』，『戦後日本の大衆文化史』，『戦後日本の思想』(共著)，『教育再定義への試み』(以上，岩波現代文庫)，『不逞老人』(河出書房新社)，『言い残しておくこと』(作品社)，『鶴見俊輔集』(全17巻，筑摩書房)，『鶴見俊輔座談』(全10巻，晶文社)，『鶴見俊輔書評集成』(全3巻，みすず書房)ほか多数．

思い出袋　岩波新書(新赤版)1234

2010年3月19日　第1刷発行
2023年11月15日　第13刷発行

著者　鶴見《つるみ》 俊輔《しゅんすけ》

発行者　坂本政謙

発行所　株式会社 岩波書店
〒101-8002 東京都千代田区一ツ橋2-5-5
案内 03-5210-4000　営業部 03-5210-4111
https://www.iwanami.co.jp/

新書編集部 03-5210-4054
https://www.iwanami.co.jp/sin/

印刷・精興社　カバー・半七印刷　製本・中永製本

ISBN 978-4-00-431234-5　Printed in Japan

岩波新書新赤版一〇〇〇点に際して

ひとつの時代が終わったと言われて久しい。だが、その先にいかなる時代を展望するのか、私たちはその輪郭すら描きえていない。二〇世紀から持ち越した課題の多くは、未だ解決の緒を見つけることのできないままであり、二一世紀が新たに招きよせた問題も少なくない。グローバル資本主義の浸透、憎悪の連鎖、暴力の応酬——世界は混沌として深い不安の只中にある。

現代社会においては変化が常態となり、速さと新しさに絶対的な価値が与えられた。消費社会の深化と情報技術の革命は、種々の境界を無くし、人々の生活やコミュニケーションの様式を根底から変容させてきた。ライフスタイルは多様化し、一面では個人の生き方をそれぞれが選びとる時代が始まっている。同時に、新たな格差が生まれ、様々な次元での亀裂や分断が深まっている。社会や歴史に対する意識が揺らぎ、普遍的な理念に対する根本的な懐疑や、現実を変えることへの無力感がひそかに根を張りつつある。そして生きることに誰もが困難を覚える時代が到来している。

しかし、日常生活のそれぞれの場で、自由と民主主義を獲得し実践することを通じて、私たち自身がそうした閉塞を乗り超え、希望の時代の幕開けを告げてゆくことは不可能ではあるまい。そのために、いま求められていること——それは、個と個の間で開かれた対話を積み重ねながら、人間らしく生きることの条件について一人ひとりが粘り強く思考することではないか。その営みの糧となるものが、教養に外ならないと私たちは考える。歴史とは何か、よく生きるとはいかなることか、世界そして人間はどこへ向かうべきなのか——こうした根源的な問いとの格闘が、文化と知の厚みを作り出し、個人と社会を支える基盤としての教養となった。まさにそのような教養への道案内こそ、岩波新書が創刊以来、追求してきたことである。

岩波新書は、日中戦争下の一九三八年一一月に赤版として創刊された。創刊の辞は、道義の精神に則らない日本の行動を憂慮し、批判的精神と良心的行動の欠如を戒めつつ、現代人の現代的教養を刊行の目的とする、と謳っている。以後、青版、黄版、新赤版と装いを改めながら、合計二五〇〇点余りを世に問うてきた。そして、いままた新赤版が一〇〇〇点を迎えたのを機に、人間の理性と良心への信頼を再確認し、それに裏打ちされた文化を培っていく決意を込めて、新しい装丁のもとに再出発したいと思う。一冊一冊から吹き出す新風が一人でも多くの読者の許に届くこと、そして希望ある時代への想像力を豊かにかき立てることを切に願う。

（二〇〇六年四月）

岩波新書より

随筆

高橋源一郎の飛ぶ教室　高橋源一郎
江戸漢詩の情景　揖斐高
読書会という幸福　向井和美
俳句と人間　長谷川櫂
知的文章術入門　黒木登志夫
人生の1冊の絵本　柳田邦男
レバノンから来た能楽師の妻　梅若マドレーヌ　竹内要江訳
二度読んだ本を三度読む　柳広司
原民喜　死と愛と孤独の肖像　梯久美子
声優　声の職人　森川智之
生と死のことば　中国の名言を読む　川合康三
正岡子規　人生のことば　復本一郎
作家的覚書　高村薫
落語と歩く　田中敦
文庫解説ワンダーランド　斎藤美奈子
俳句世がたり　小沢信男

日本の一文30選　中村明
ナグネ　中国朝鮮族の友と日本　最相葉月
子どもと本　松岡享子
医学探偵の歴史事件簿　ファイル2　小長谷正明
里の時間◆　芥川仁　阿部直美
閉じる幸せ　残間里江子
女の一生　伊藤比呂美
仕事道楽　新版　スタジオジブリの現場　鈴木敏夫
医学探偵の歴史事件簿◆　小長谷正明
もっと面白い本　成毛眞
99歳一日一言◆　むのたけじ
土と生きる　循環農場から◆　小泉英政
なつかしい時間　長田弘
ラジオのこちら側で◆　ピーター・バラカン
面白い本　成毛眞
百年の手紙　梯久美子
本へのとびら　宮崎駿

ぼんやりの時間◆　辰濃和男
思い出袋◆　鶴見俊輔
活字たんけん隊　椎名誠
道楽三昧　小沢昭一　神崎宣武聞き手
文章のみがき方　辰濃和男
悪あがきのすすめ　辛淑玉
水の道具誌　山口昌伴
スローライフ　筑紫哲也
森の紳士録◆　池内紀
沖縄生活誌◆　高良勉
シナリオ人生◆　新藤兼人
怒りの方法◆　辛淑玉
伝言　永六輔
四国遍路◆　辰濃和男
嫁と姑　永六輔
親と子　永六輔
夫と妻　永六輔
愛すべき名歌たち　阿久悠
活字博物誌　椎名誠

(2023.7)　◆は品切，電子書籍版あり．　(Q1)

岩波新書/最新刊から

1986 **トルコ** 建国一〇〇年の自画像　内藤正典 著

世俗主義の国家原則をイスラム信仰と整合させる困難な道を歩んできたトルコ。その波乱の過程を、トルコ研究の第一人者が繙く。

1987 **循環経済入門** ―廃棄物から考える新しい経済―　笹尾俊明 著

「サーキュラーエコノミー(循環経済)」とは何か。持続可能な生産・消費、廃棄物処理・資源循環のあり方を経済学から展望する。

1988 **文学は地球を想像する** ―エコクリティシズムの挑戦―　結城正美 著

環境問題を考える手がかりは文学にある。エコクリティシズムの手法で物語に分け入り、地球と向き合う想像力を掘り起こす。

1989 **シンデレラはどこへ行ったのか** ―少女小説と『ジェイン・エア』―　廣野由美子 著

強く生きる女性主人公の物語はどこから？　英国の古典的名作『ジェイン・エア』から始まる脱シンデレラ物語の展開を読み解く。

1990 **ケインズ** 危機の時代の実践家　伊藤宣広 著

第一次大戦処理、金本位制復帰問題、大恐慌に関する時論を展開し、「合成の誤謬」となる政治的決断に抗い続けた実践家を描く。

1991 **言語哲学がはじまる**　野矢茂樹 著

言葉とは何か。二〇世紀の言語論的転回を切り拓いた三人の天才、フレーゲ、ラッセル、ウィトゲンシュタインは何を考えていたのか。

1992 **キリストと性** ―西洋美術の想像力と多様性―　岡田温司 著

ジェンダー、エロス、クィアをめぐってキリストはどう描かれてきたのだろうか。正統と異端のあいだで揺れる様々な姿。図版多数。

1993 **親密な手紙**　大江健三郎 著

渡辺一夫をはじめ、サイード、井上ひさし、武満徹、オーデンなどを思い出とともに語る魅力的な読書案内。『図書』好評連載。

(2023. 11)